时光 不会辜负 每个努力的 好姑娘

一 一 著

煤炭工业出版社
· 北 京 ·

图书在版编目（CIP）数据

时光不会辜负每个努力的好姑娘 / 一一著. -- 北京：煤炭工业出版社，2016（2020.6 重印）

ISBN 978-7-5020-5216-4

Ⅰ.①时… Ⅱ.①一… Ⅲ.①故事—作品集—中国—当代 Ⅳ.①I247.8

中国版本图书馆 CIP 数据核字（2016）第 044044 号

时光不会辜负每个努力的好姑娘

著　　者　一一
责任编辑　马明仁
特约编辑　郭浩亮　曹刘霞
特约监制　朱文平
封面设计　@嫁衣工舍

出版发行　煤炭工业出版社（北京市朝阳区芍药居 35 号　100029）
电　　话　010-84657898（总编室）
　　　　　　010-64018321（发行部）　010-84657880（读者服务部）
电子信箱　cciph612@126.com
网　　址　www.cciph.com.cn
印　　刷　保定市海天印务有限公司
经　　销　全国新华书店

开　　本　900mm×1280mm $^1/_{32}$　**印张**　7　**字数**　120 千字
版　　次　2016 年 6 月第 1 版　2020 年 6 月第 2 次印刷
社内编号　8067　　　　**定价**　36.80 元

序　愿我们所有的坚持都不被辜负

在写这篇序的时候，我正在大理古城的客栈里。

身旁有很多姑娘来往经过，她们大都皮肤黝黑，普通话里掺杂着一些各自的方言。这些来来往往的姑娘，每个人都是一个故事。我常常坐在大厅里面写文，偶尔跟她们聊聊天，听听属于她们的故事。有人说每个来大理的人都是有故事或者是来寻找故事的人，没错，我就是一个找故事的人。

关于《时光不会辜负每个努力的好姑娘》这本书的写作契机很简单，我生活中遇见了太多温暖的人和太多温暖的故事，面对生活与成长我跟所有的姑娘一样迷茫不知所措，我想跟你们一起分享。

2015年我经历了很多，跟相恋多年的男朋友分开，离职、跳槽、辗转，一个人去遥远的地方旅行，这中间兜兜转转。很多时候我的状态很差，曾经一度不讲话，一个人关在房间里写文，写作虽是一件苦差事，对我来说，却是一个情感的宣泄口。我努力调整，努力生活，学会了弹尤克里里，学会了在夜深人静的时候轻轻地低吟浅唱。

很多时候，我都努力地在家附近的操场上奔跑，那是一个很小的大学操场。加班的夜晚，不吃晚饭回家换上运动装就去跑步，我一圈一圈地奔跑，直到跑到那些跟我在一起的人都不见了，小操场上关了灯，只剩下我跟一只小野猫。

很多时候我会在奔跑中思考，那时候的我觉得离真实的自己是最近的。我轻松地呼吸着，调整着步子的节奏，所有的不甘与不开心，那些狂躁不安的小兽都会变得安宁起来，我轻抚着它们，就像抚摸着自己的孩子一般，那些困扰与疑惑，痛苦与不甘，在奔跑中得到了宣泄，我因此认真地相信着，若是我认真地过好当下的每一天，让自己的今天优于昨天，很多事情都会变得迎刃而解。

我开始越发理解我的矫情我的泪流满面，越发明白艾青为什么说“我的眼里常含泪水”，我觉得这样是为了治好我多年戴眼镜留下的顽疾干眼症。善于自嘲的人总是那么热爱生活，哪怕生活扇了我一巴掌，我也愿意微笑着说“I do”。云南高温下我居然奇迹般地变白了，朋友说南方的水土养人，我这个皮糙肉厚的女汉子也渐渐有了南方小女人的婉约，你让我这个山东姑娘情何以堪。

整个周末，一直窝在青旅看尔冬升导演的《新不了情》，这大概是我第N遍来看这个电视剧了，我总是这样，喜欢的东西一而再再而三地去看、去欣赏，我总是那么不愿意去面对新的事物。我想我是喜欢大眼睛的男人的，我总是试图在明亮的眼眸中读到一丝忧郁和宽慰，而陈坤，本身就成了一道风景线，我想我是喜欢他那种不苟言笑的文艺范儿的。从多少岁开始呢，这样的喜欢这样的温暖就一直存在。

关于刘敏，尔冬升把她塑造成了一个美丽、快乐、充满爱的天使。她一直在笑，笑着面对贫困的出生，笑着面对别人对她不得已的抛弃，笑着对待寻欢作乐的人群，笑着带动身边的每一个人勇敢面对生活。第一次相识，她在做义工，牵着数条大狗在公园散步，她娇嗔地对狗狗说，“现在社会压力那么大，有些人跟你动心眼”，对面失意的音乐家被她的莞尔一笑打动。鬼马精灵，2008年的薛凯琪已经27岁，那样莞尔的微笑却还是击中了我的心，所以不管以后的数年，我读到关于她的不好的新闻，我都能一笑而过，因为那个最纯真的她我已经铭记。

佛说，一切皆有因果。春季开出一朵花，在秋季里收回一粒果实。一切的开始，不过是为着一切的结果，然而，结果不意味着结束。所以，你离去，结果是，我对梦想仍然心存追求，对你仍然心怀无尽的思念。

多好呢，其实我一直不是很明白，为什么这个世界要这么复杂，如果人生一切若只如初见，那样肯定会满足我对人生的所有美好幻想。我觉得自己是个絮叨的人，自私、虚荣、矫情、做作，这些特质在我身上表现得淋漓尽致，我很清楚并且享受着这些，我感谢那些在我人生低谷中对我说早安的人，我痛恨那些把我的感情丢到地上并狠狠摔碎的人，总有一天，你们会得到比我更惨烈的疼痛，痛过千百倍。我从来就这样恶毒。

我常常这样絮叨着我的生活，神经质地带着些矫情。这么多年，我遇见了一个又一个的人，我仍旧改变不了自己。你让我去读佛经，让我去背诵里面的名篇，你让我去修灵，我戴着朋友送的西域佛珠招摇过市，我一直虔诚地祈求得到佛祖的庇佑。佛曰，“人生有悲观，但不可痛。”或许你从来不能理解此刻的我感觉有多美妙，行云流水地写文字，任耳朵被某女子的小调调围绕，莺莺燕燕。没有人知道最近的我在经历什么，我在思考什么。

书摊上一本旧书以杜拉斯年轻时的照片为封面，她晚年，还有年少的男读者对她说，“你比任何时候都美”，然后照顾了她一辈子。幸福的定义从来就没有标准答案，对于我来说幸福的定义，一直是“无论什么时候，我最像我自己”。而此刻，我不但像我自己，我也是我自己。

生活的微妙之处，就是你能在不安与不幸中拼凑出感性与愉悦来，我不爱上海这座城市，可是我感谢它，让我活了下去，并且让我收获了爆棚的友情和太多美好的回忆。我赞美那些自律的人们，鄙视那些缺少胸襟与气魄的男子，我感谢生命中出现过让我感动到泪流满面的人儿，我喜欢现在爱憎分明的自己，感恩愿意爱我的人，不知道再过多久当皱纹开始布满脸庞，白发爬上双鬓的时候，我还能否像现在一样，爱这个世界并感恩于每个感动过我的人。

玻璃窗外的街道上人来人往，车流涌动，人群喧嚣，并且面无表情。时光本身就是空旷的海洋，我们都像鱼一样。同在一片海域里，却无法彼此靠近，相拥取暖，只能长久而孤独地游向远方那不知名的彼岸。为了梦想中那座孤独的岛屿，我已走失了青春，并不想再走失唯一一个你。

人生那么长，伤害和困境在所难免，我从不幻想把自己的安全感交给别人。没有什么能一劳永逸，也没有一步到位的完美爱情。在一次次的失败、后悔和恐惧中，我看到自己的不足，不断地认识自我，不断地重建自我。然后，今天的我，又比昨天，更好了一点点。

亲爱的姑娘，坚持该坚持的，放弃执拗和偏执，做好自己，这不是很好吗？

目录

第三辑 忆——往昔，你还记得吗？

第四辑 人——后会无期，致那些离我而去者

行——在路上，总有一段时光令我恋恋不忘

杂——心若无念，你就赢了世界

第一辑

梦——幸好，梦想还在

好姑娘注定光芒万丈

每个优秀的人都会有一段沉寂的时光，每个人都会有一段异常艰难的岁月，生活的窘迫、工作的压力、爱情的失意，这些都不能够成为我们惶惶不可终日的理由，挺过来的人生自然豁然开朗。那些永远为了梦想去努力追逐的姑娘，时光注定会与其握手言和，把曾经亏欠她们的统统还给她们。

我时常站在外滩，看着上海光怪陆离的灯光，我身后是高耸入云的东方明珠，眼前巨大的广告牌上一个美女手上戴着一颗偌大的钻戒显得格外醒目。不远处的星巴克，几个美女脸上画着精致的妆容，嘴角浅吟，眉眼之间皆是风情。暗黄色的灯光洒在我的脸上，一切显得温馨而浪漫，黄浦江上几艘豪华游轮游荡着，伴随着尖锐的汽笛声。我的思绪飘然而过，我脚下的土地，四万块钱一平，我想起了《蜗居》里面的海藻，这里是上海，我生活了七年的地方。

我30岁了，我时常会想起23岁大学毕业时候的梦想，当然很多是跟钱有关的。或许由于我在单亲家庭长大的缘故，我那个时候的梦想大部分跟妈妈有关。我希望有一天我可以赚到足够多的钱，带着妈妈去旅行，可以随心地挑选酒店，可以买好的单反给妈妈拍照，可以想买什么就买什么，可以给她一个无忧快乐的晚年，可以让她不用为了柴米油盐而斤斤计较，哪怕最次也可以像隔壁张大爷那样无忧地养花遛鸟。那个时候的我虽然一无所有，我所有的梦想和目标都是用金钱来衡量的，你可以说我恶俗说我无趣，但谁的人生没有恶俗过？

记得7年前，我穿着高跟鞋去很远的地方面试，脚丫子磨到出血，整个人又累又渴，为了省钱舍不得打车，按照地图走，从地铁口出来竟然生生走了几公里。后来脚丫实在痛到不行，便索性坐在树荫下休息。脚丫剧烈的疼痛让我的大脑分外清醒，我不停地问自己我为什么要受这样的苦？我这么做究竟是为了什么？想想有些大学同学，在老家悠然自得地喝茶，结婚生子没有房租的压力，而我若得不到这份工作，我只能饿肚子，我怎么忍心跟已经两鬓斑白的母亲要生活费？年轻人强烈的自尊让我不允许自己这样做，想到这些我忽然有种被这个世界抛弃的感觉，我想起小时候看过的一部电视剧的主题歌里唱“上海那么大，没有我的家”，想到这些我鼻子一酸眼泪瞬间落下来。

值得庆幸的是，我终于得到了这份工作，这是我人生的第一份工作，工资2000块钱，在上海的高消费下显得格外触目惊心。但是这2000块钱对我来说却像救命稻草一般，对于应届生的我来说，2000元足以解决我的温饱问题。我拿出600块在公司附近的一间公寓租了一个床铺，6个姑娘住在一个寝室，每天晚上煲电话粥的声音、听歌的声音、聊天的声音掺杂在一起，我记得住进去的第一个夜晚，虽然很嘈杂，但是我却觉得格外心安，因为我终于可以养活自己了，我可以有自尊地生活，可以不用再让妈妈为我操心，2000元足矣。

接下来的日子似乎比想象中的还要艰难些，公寓是三居室，每个寝室住6个姑娘，18个人每天早上起床排队上厕所洗漱便是一个难题。每天早上为了避免拥挤，我常常不到6点钟就起床，洗漱好后便早早地去公司打开电脑想创意写稿子，前台值夜班的大叔总是问我："姑娘，你怎么天天来公司这么早？"我不说话只是低头笑笑，我不能告诉他我是为了不用抢着上厕所而早起吧。我努力地生活，努力地做好每一件事情，哪怕我生活的物质条件不丰厚，可是每当想起有人问我妈妈"你女儿在哪儿工作"时，妈妈总是开心地说"我女儿在上海工作呢"，那个时候妈妈的脸上总是会洋溢着喜悦的光芒，里面又会掺杂些小骄傲，我就跟自己说，"我一定要让妈妈过得开心，为了妈妈我一定要坚持下去"。

后来我开始知道写些文章，做些小兼职可以改善我的生活，生活也不再像之前那样过得紧巴巴。我喜欢那种所有的日子都被填充得满满的感觉，这一切都是那样的真实，深深地被嵌在我的人生当中。这些工作看似收入不多，却对我的成长与能力提升起到了很大的帮助，至今回忆起来，我仍然感谢那段岁月，让我知道我一个人也可以活得很好。工作第3年，工资已经涨到了6000元，再加上一些小兼职的收入，生活比之前好了太多。虽然月入6000块钱在上海仍旧是贫困水平，可是拿6000块钱工资的我却异常兴奋，因为得到这一切我全凭自己的努力。我终于搬出了18个人住的集体公寓，现在想来我还是很佩服自己的，我竟然在那样的环境中生活了2年，600多个日日夜夜。当然我在那里收获了爆棚的友谊，我认识了太多充满正能量的姑娘，她们每个人都像是另外一个我，虽然贫穷但是独立自信，散发着迷人的光芒。

小鹿便是其中的一个，我认识她的时候，她不过是个广告公司里最底层的设计师助理，助理说白了跟打杂的没什么区别，职责大到帮设计师查阅资料，小到叫外卖下午茶一应俱全，月薪3000元却常常加班到深夜。她睡在我的下铺，每每深夜常常能听到轻手轻脚的开门声，比起那些整天抱怨工作不好的新人，小鹿真的安静了太多，我几乎从来没有听到过她的抱怨，她总是安静地生活，安静地忙碌，整个人都活得匆匆忙忙。有一天几个姑娘夜里聊天，我问她："小鹿，你这么努力觉得值得吗？"她笑了笑，回答道："你们不是也一样努力吗？我们现在这种生活只是一个阶段而已，我想要的时光都会给我。""我想要的时光都会给我"，我反复咀嚼这句话，不可否认小鹿让我看到了一个女孩子最初的梦想。

后来我们相继搬出了公寓，有了自己独立的空间。为了让自己的房间有家的感觉，每个周末我们会相约去二手市场淘些家具，家里渐渐有了温度与所谓的安全感。再后来一切果然如小鹿说的那般，我想要的时光一件件地慢慢给了我，我开始有些多余的存款，开始有能力带着妈妈去旅行，那些曾经以金钱来衡量的小梦想，也都正在一步步地实现。去年夏天，我带着妈妈去了香港，我开始像小时候妈妈照顾我一样地照顾她，给她拍照帮她买票拎重的行李，在飞机上妈妈紧紧地拉着我的手说：“女儿，你是妈妈的骄傲。”我听着这句话眼泪就要掉下来。妈妈或许永远都不知道，在我人生当中最艰难的时光里，让妈妈过得好成了我努力的一切动力源泉。

上个月跟小鹿一起吃饭，此时的小鹿已经成了某公司的设计总监，此时的她工资已经翻了N+N倍，脸上画着精致的妆容，性格比之前开朗了太多，只是颔首微笑的时候我还是会想起那个曾经睡在我下铺的姑娘，为了不吵醒别人蹑手蹑脚的姑娘。午后我们一起坐在咖啡馆聊天，不觉间就说起了住在“贫民窟”的那段时光，她说：“其实我那时候那么努力，只是为了让我前男友能对我刮目相看，我不停地努力不停地奋斗不停地往前走，我本来只是想追赶上他，等我回过头去想看看他的时候，却发现我已经超越了他太多。”我微笑，这样优秀的姑娘注定会光芒万丈。

每个优秀的人都会有一段沉寂的时光，每个人都会有一段异常艰难的岁月，生活的窘迫、工作的压力、爱情的失意，这些都不能够成为我们惶惶不可终日的理由，挺过来的人生自然豁然开朗。那些永远为了梦想去努力追逐的姑娘，时光注定会与其握手言和，把曾经亏欠她们的统统还给她们。亲爱的姑娘，当你在睡觉的时候，人家在学习，当你在你侬我侬的时候，人家在锻炼流汗奔跑，当你在抱怨命运不公的时候，人家在努力工作在拼命赚钱，所以你注定被人家叫肥婆，所以你注定没有钱花，注定一辈子庸庸碌碌无所作为。

如果说人生是一条船，理想就是远方。我们坐在船上为了到达远方唯一能做的便是努力划动双桨，我们每个人都有一个出发的理由，无论途中遇到惊涛还是骇浪我们都应该坚持下去，这些坚持终有一天会蜕变成我们身上的万丈光芒，那些时时抽打在身上的疼痛，终会让我们变得更加炫烂夺目。

我就是我，是颜色不一样的烟火

梦想这种东西，说起来那么近却又那么远，你觉得你看到它了却总是触摸不到，这大概是人生最好的状态，所以，朝着有光的地方拼命前行，努力往前走，总有一天，你会看到万丈曙光，待你重新回过头看的时候，你才发现不觉中你已经朝着未来走了那么远。

2009年2月20日那一天，我站在上海五角场巴黎春天四楼盯着一款卡西欧的机械表傻傻发呆，这是我第5次经过这个橱窗。售货员看我的神情有些不屑与鄙夷，我再次偷偷看了看手表旁的数字——2998元。对很多有钱人来说，这一点都不贵，甚至可以说是九牛一毛，而对我来说，一月3000元的工资，我在脑袋里迅速地盘算着，3000元减去2998，哪怕我数学再不好，也可以清晰地算出来，还剩2元，买下这块表我只剩下2元的生活费。

7天之后是我男朋友Z的生日，我想送他一份像样的生日礼物，我想在他生日那天亲手为他带上，因为我知道那块手表他心仪已久。那是在我来上海的第1年，3000元的工资包吃包住，对于一个曾经在小城市里拿1200元工资的我来说，简直欣喜若狂。

你可以说我虚荣，赚不了那么多钱却想送给别人如此昂贵的礼物，你可以说我不切实际，你可以说我女孩子不懂矜持。但是，二十几岁的年纪，爱就是如此的真诚与坦率，我爱你，我想把我认为最好的给你。我不知道剩下2元我可以做什么，上海地铁贵得要命，3元起步，从五角场到公司寝室，我有去无回。

当我第12次经过那扇映着独特光芒的玻璃窗时，我可以清晰地听到自己狂乱的心跳声。我颤颤巍巍地拿出银行卡，小心谨慎地输密码，拿着并不沉重的礼物，我觉得自己的手在颤抖。不可否认，这是我长这么大以来亲手买的最昂贵的一件礼物，一路上我谨慎又小心，生怕一不小心便伤害到如此昂贵的礼物。

那时的我住在公司寝室，40平的房子里住了6个姑娘。我躺在床上看着烫金的包装盒，心里久久不能平静，2998元，我在心里不停默念。

那个时候的Z在读研，学校每月发的1000元生活补助，去掉吃喝，基本所剩无几。上海的消费对我们来说是硬伤，那个时候的我，有个小小的愿望，就是可以早日搬出公司宿舍的上下铺。从18岁进入大学到24岁的这6年里，我一直住在寝室的上下铺里，我渴望有张温暖的大床，每天下班将满是疲惫的我紧紧包裹。

2008年2月27号，Z同学23岁的生日。上海的冬天有些湿冷，我穿着温暖的大衣仍旧冻得瑟瑟发抖，我和Z在学校附近的小餐馆里，点了两个小菜一瓶啤酒，这是我们在一起的第二年。我举起酒杯，轻轻地在他耳边说："亲爱的，生日快乐。"我拿出那个烫金的纸盒递给他，那一刻我心跳不已。

Z打开包装的那一瞬间，脸上果然满是惊喜，但随即便拉着我的手说："亲爱的，谢谢你的礼物，但是太贵重了，等下我们去退掉。"我大喊"为什么"，心里觉得委屈不已，我不理解Z当时的想法，我觉得这个礼物对我们来说意义重大，而Z坚持退掉，我试图说服他，他也试图说服我。现在想想Z的23岁生日庆祝更像我们之间的一场谈判，最后的结果是，他拖着委屈到大哭的我生生退了手表。

我记得那个夜晚天空下起了小雪，Z在回去的路上牵着我的手，不停地安慰痛哭流涕的我："等我们有钱了，我一定让你拥有这世间最好的东西。"我的泪水混合着雪花，脸上一片冰凉。

2010年，我工作的第3年，月薪工资5000元，小Z硕士毕业，开始忙转博的事情，我开始熟悉上海的生活，偶尔给杂志社兼职写稿，赚些小外快，我们的经济开始有所好转，至少没有之前那么捉襟见肘。我开始有越来越多的朋友，只是每逢跟好姐们儿逛街嗨皮时，心里还是会冒出些隐隐的自卑感。朋友阿丘是上海人，没有房租的压力，花起钱来自然如流水，阿丘常常说女孩子要对自己好点，我觉得她说的有道理，在她的怂恿下，我慢慢地知道100块的内衣跟500块的内衣穿起来效果果然不一样。但是我依然有莫名的压力感，我生活在上海但是我距离上海这座城市依然好远。

工作第3年，我终于搬出了公司的寝室，在五角场边租了一个小房间，向阳十几平1500元，有个小小的阳台，我在阳台上放了一张舒适的沙发，周围养了些小鱼和花草，有时间的时候我和Z常常窝在那里，我写文章他写论文，5000元的工资减去房租、水电、交通和其他日常花销，所剩不多，但我觉得日子过得很幸福。偶尔我会跟Z畅想下我们未来的生活，吹吹小牛逼，强迫Z说“我媳妇真腻害，真腻害”。但是我仍然在心里默默羡慕年薪10万的女白领，也有些恐惧，我怕接下来的五年我仍旧是一个拿着月薪5000元的小编辑。

小Z变得越来越优秀，我在开心的同时也有些担忧，我怕自己无法与他势均力敌地站在一起。小Z倒是常常鼓励我，“你已经超过很多人一大截了”，我笑笑不语，我26岁但我不知道自己接下来该如何继续在这个陌生而繁华的城市走下去。

2012年，我工作的第5年，都说5年是一个门槛，5年里我在迷茫与疑惑中成长着。5年，我不再是当年那个爱流眼泪的小姑娘，不再是初进职场时惊慌失措的新人，不再是面对2998元手表纠结不已的人，时间让我成长，现在想想那惊心动魄的5年，我是如何一次一次地鼓励自己，坚定地告诉自己“我能行”？我不知道是曾经的年少轻狂还是对未来偏执的梦想在鼓舞着自己，给自己希望与前行的动力，回头看看，我已经笃定地前行了5年。

Z读了中科院的生物博士，我还在原来的老公司。只是我已经不再是当年在100多人的大办公室里工作的小职员了，我有了一间自己的小办公室，月薪8000多一点，再加上一些兼职稿费每月收入轻松过万，衣橱里的衣服基本上是商场的正品，但在上海这个城市，我依旧是渺小到不能再渺小的人，依然对未来充满着疑惑与不确定。

2013年11月我28岁生日，小Z买了一枚钻石戒指给我，样子有些羞涩，我看着身边这个已经快30岁的老男孩，忽然想起那个下雪的夜里，我们在五角场的小饭店里因为一块手表退不退而吵到不可开交的场景。现在回过头看那段时光，那些我曾经以为高高在上不可碰触的目标，已经如被征服的山川一般温柔躺在脚下。在生活这条道路上，我们已经一起走过了那么远，看着小Z真诚的表情，我鼻头一酸眼泪掉下来。

我常常会思考生活的意义，我们活着到底是为了什么？在过去的这几年中，常常有人劝我，为什么家里好好的工作不做，非要跑到上海这个人挤死人的城市受罪。我究竟是为了什么？这个问题我思考了很久，直到现在我才开始渐渐明白，人生处处都是风景，那些所谓的石壁与悬崖有它独特的美，而我离开家就是为了欣赏更多绝美的风景。

所以，生活不会因为我们抱怨而停滞不前，困难也不会因为我们的痛哭就从我们身边走过，你可以尝试着把枯燥的事情变得有意义，你可以学着以微笑去对待身边的人和事，改变自己的工作方式，尝试把压力变成动力，你努力地朝生活微笑，生活不可能给你一个狠狠的巴掌。

梦想这种东西，说起来那么近却又那么远，你觉得你看到它了却总是触摸不到，这大概是人生最好的状态，所以，朝着有光的地方拼命前行，努力往前走，总有一天，你会看到万丈曙光，待你重新回过头看的时候，你才发现不觉中你已经朝着未来走了那么远。

趁着大好时光，尽情去生活吧

姑娘们大可不必日日担心真爱难求遇不到良人，趁着年轻努力为自己贴上更多美好的标签，让自己的生活变得充盈起来，努力让自己成为更加优秀的人，有朝一日遇见珍贵的人，用最美好的方式站在他的面前，看着他那双充满爱慕的眼睛，勇敢地许下一生的诺言吧。

前几天跟妈妈打电话聊天，她看似无心实则有意地提了一句："女儿，不要天天忙着工作，有时间该多考虑下自己的个人问题了。"这似乎是我第一次遇到被催婚。

我27岁，自认为风华绝代的年纪，却硬生生地被贴上剩女的标签，这让我着实有些不甘心，我反驳妈妈："妈妈，你觉得我是应该随便找个人嫁了，过得不幸福然后离婚或者委屈求全，还是一直等待寻找，最终找到属于自己的幸福，可是妈妈这个时间我不确定，可能要等很久。"电话那端的妈妈沉默了几秒钟，说道："女儿，妈妈懂了，努力做好你自己就好，我不愿你委屈求全，只要你过得好。”是啊，过得好不好不应该是只有自己最清楚吗？

我有个大学同学叫小童，读书的时候遭遇富二代男友的疯狂追求，没多久便领了结婚证，而半年后我们才拿到毕业证。她是我身边第一个结婚的朋友，婚后便闲赋在家过起了阔太太的生活，没多久便怀孕，生活似乎是步入了正轨。可是半年的时间不到，老公便接二连三地出轨，小童大着肚子四处哭诉，却终不敢迈出离婚这一步，日日哭泣，又丝毫没有任何生存技能，只能委屈求全惶惶不可终日中等待孩子的降临。

这是我第一次对婚姻产生恐惧，它那样真实地发生在我的生活里，后来身边又有些姑娘开始频繁地相亲，原因很简单，觉得自己年龄大了，为了成全老人的心愿，或者仅仅只是为了找个人相互取暖来避开孤军奋斗的日子。身边越来越多的姑娘开始急匆匆地往婚姻里跳，她们成全了那么多的人却唯独没有成全自己的幸福。而另外一些姑娘则着急恨嫁，甚至为了一个男人让自己“低到尘埃”。我忽然间想起了女作家张爱玲，同样也是一个为了爱情卑微到尘埃里的女子。

在爱情面前，张爱玲是如此的悲哀。

在一段恋爱中，女人大概是用特有的母爱在跟一个男人恋爱，遇到好吃的好穿的想到的都是对方，后来男人会在你的带领下变得越来越优秀，越来越光芒四射。

从最初男人的小撒娇“你不许不要我好不好”到后来男人会谨慎地叮嘱“别傻了，我又不会不要你”，虽是些简单的玩笑话，两个人的关系却在发生着天翻地覆的变化。

后来女人生孩子了，身材开始走形，当年的漂亮衣服再也穿不上，牺牲自己的事业，在男人眼里，或许那只是一份工作，连事业都称不上，只有女人坚定地认为这份曾经带给自己金钱和些微荣耀感的工作，就是自己青春里为之奋斗过的事业。男人的光芒四射吸引了太多年轻的女孩子，他面对的是青春无敌的女孩，那些扎着俏马尾微微一笑便倾城又倾国的女孩子，而女人则成了满脑子全是家庭的糟糠之妻。

男人回到家，他嘴里的事业你不懂，而女人能给予的也只是鸡毛蒜皮的琐事上的照料，他觉得女人越来越恶俗不堪，三十几岁的年纪甚至跟隔壁四五十岁的大妈大婶所差无几。接下来出轨似乎变得理所当然。

女孩子最初心甘情愿地默默付出，其实是在为自己酿下后来的苦果，与其低到尘埃不如时刻让自己变得光鲜亮丽，享受有品质的生活，做有品质的女子。喜欢的东西努力赚钱买给自己，想吃什么美食跟朋友一起去品尝，想去哪里玩，只需一张简单的车票。

我身边另一个郑姑娘则完全相反，35岁的年纪一个人的生活过得优哉游哉，我认识她很偶然，她是邀我做兼职工作的老板，当时她正寻找一个可以帮她做微信平台的人，机缘巧合就找到了我。我俩在微信上相聊甚欢，她的朋友圈里有很多明艳动人的照片，上面有的是她在游泳、登山、练瑜伽、骑马、练跆拳道，还有一些绝美的风景（后来我才知道姑娘是一个摄影发烧友），我能从照片中感受到满满的阳光与正能量，姑娘笑起来很好看，尤其是面对镜头的回眸一笑，完全不输20岁的小姑娘，我甚是惊讶，一个35岁的未婚女孩是怎样把生活过得如此精彩？

见面那天姑娘穿着休闲运动装，高高的马尾竖起，既青春又靓丽，紧致白皙的皮肤让我着实惊讶。细聊之后才知道姑娘的生活过得如此精彩，她在5年的时间里修完了硕士学位，拥有自己的小事业，薪水着实可观，靠着自己清醒的理财头脑买了一辆奔驰，在众多艳阳天里，无数的小情侣腻歪在一起你侬我侬时，姑娘常常会选择独自一人开车去很多地方，一个人去海边游泳、摄影，去山顶拍美妙的夕阳西下，平日的生活里更是健身读书一样不少，她文笔不错，还出了一本销量不错的书，摄影作品也常常获奖，35岁的年纪下修炼着一颗不输少女的心，同时又拥有少女们无法企及的社会地位与财富。这样的女人足够强大，她说她渴望爱但是却从来不着急，姑娘满脸笑容，那种如春风拂面的微笑让我动容。

女人总是会在这一辈子遇到很多很多不靠谱的男人，谁的青春里没有遇到过一个渣男？年少的时候，谁没犯过傻呢。连心高气傲的张女士都对倒贴稿费养汉子的事情乐此不疲，更何况那些深陷爱情里无法自拔的痴情小儿女。那些为了男人卑微的女人，大都没有等到什么圆满的结果，与其费力讨好，不如让自己变得更加优秀，势均力敌才是最好的回应。

所以，姑娘们大可不必日日担心真爱难求遇不到良人，趁着年轻努力为自己贴上更多美好的标签，让自己的生活变得充盈起来，努力让自己成为更加优秀的人，有朝一日遇见珍贵的人，用最美好的方式站在他的面前，看着他那双充满爱慕的眼睛，勇敢地许下一生的诺言吧。

理直气壮地爱钱有什么不好

亲爱的姑娘，不要相信金钱会让人堕落和空虚之类的鬼话。空虚寂寞的人没钱也空虚，热爱生活的人有钱只会让生活更加的充实。普通人用大量的时间换取金钱，而有梦想的人则用金钱去换取自由或者理想，给自己更多的时间，去创造和体验更多有意义的事情。

记得第一次独立赚钱，是我高中时候在一本杂志上发表文章得到几百元稿费，对于十几岁的我来说，初尝赚钱的快感。

大学一年级的暑假，我兼职做导游，整个假期我不停地带团带团带团，一个夏天我整整赚了5000元，这是我人生当中赚的第一笔高额工资，对于19岁的我来说可以说是人生的第一桶金。整整一学期，我没有问家里人要一分钱，大概是从那时候开始我爱上钱，确切地说应该是爱上赚钱的感觉。

接下来的几年我不间断地做很多份工作和兼职，看着我银行卡上蹭蹭上涨的数额，心里有说不出的满足感。24岁本命年，在众多求桃花、求平安之类的红绳手链中，唯独选择了求财运。我可以理直气壮地爱钱，因为钱可以带给我自由，带给我足够好的生活，而这样的生活是我努力为自己创造的。很多时候这种踏实的快乐，胜过虚无缥缈的良辰美景。

2010年20岁的我读大二，由于之前屡获作文比赛的大奖，我开始尝试着兼职写些文章，刚开始很功利，就是想给自己赚些生活费。那时候稿费很低，在写完第一篇文章的时候，我记得很清楚，拿着70块我去家乐福买了很多小物件，满满的一大袋，走在回寝室的路上，我觉得自己整个人都要飞起来。20岁的我，想赚更多更多的70块，买自己喜欢的东西，去自己想去的地方。

2011年夏天，我用自己兼职挣的稿费一个人去青海玩了一圈，那是我第一次一个人出远门，我在青海认识了很多朋友，那时我才知道原来这个世界上真的有人在过我们梦想中的生活。一路向西去青海湖，去甘南，去若尔盖，因为那里有高原风光、有异彩纷呈的人文景观、还有朴素动人的民俗风情，想去那听一听关于藏区神秘的民间传说，品一品藏族人民香甜的酥油茶。我开始体味那种灵魂的自由，开始知道在这个世界上很多桎梏来自于金钱的不足，而剩下的则是人生不能避免的，是无论有钱没钱都无法摆脱的。

2012年毕业实习，我来到了另外一座陌生的城市，住哪里成了一个我必须去考虑的问题。那段时期我看了很多很多的房子，有脏乱的合租房，还有带独立卫生间干净整洁的大卧室。那是我第一次特别真实地面对金钱带给我的选择，当时实习的工资是1000元，从2010年到2012年，这两年我笔耕不辍，虽是抱着赚钱的目的，写作能力也在不断地提升着，那个时候的我每月能拿到固定800元左右的兼职稿费。我花了500元来租房，这样我每月还有1300左右的生活费，在小城市500块钱租来的房子条件还不错，卧室里有一扇大落地窗。我觉得金钱给了我生活的尊严，让我觉得陌生的城市其实也并没有想象中的那么可怕。我把所有的开支做到精打细算，居然每月也能存个20%左右，虽是小额存款但银行卡上的余额也是呈稳定上浮趋势，等到长假可以给自己来趟旅行。那时候的我坚信着“身体和灵魂必须有一个在路上”这样的励志鸡汤，然而在旅行的过程当中我渐渐发现自己真的爱上了这样的生活方式。

2013年我开始一个人背着重重的行李来到上海，当高铁停在虹桥火车站，我第一次见证魔都的繁华。我不知道我为什么会有一个人独闯北上广的勇气，现在想想那时年轻气盛，总觉得自己应该有更广阔的天地和未来。但是事实并非如想象中的那么美好，生活的窘迫扑面而来。

来到上海之后继续面临租房的问题，我瞬间傻了眼。基本上能住人的单间都在1700左右，比起曾经500块的房租，这简直堪比天价。还好23岁的我已经有了些积蓄，天天奔走在各个中介与房东之间，只为了能寻找到性价比更高的房子。最后，通过层层筛选我敲定了一间月租1500的次卧，虽谈不上豪华，但至少干净整洁。

那段时间大概是我对金钱理解最深刻的一个阶段，很多时候看着魔都万家灯火，我都会觉得怅然。“上海那么大，没有我的家”，我的脑海中常常会浮现这句歌词，然后在夜深人静的时候，一个人开着一盏小灯挑灯写作，有时候会想念妈妈，有时候会想家，偶尔矫情了也会在深夜里泪流满面。

那个时候我不断地鼓励着自己，“每个优秀的人都有一段沉默的时光”“莫着急，你想要的时间都会带给你”等这样的话在我房间里随处可见。我只能更加努力地去赚钱，更努力地写稿。我开始尝试独立写书稿，这样我每个月除了工资之外还会得到一笔不菲的收入。

2013年我给妈妈买了平板电脑，可以更好地促进我们之间的交流，我给外婆买了进口的助听器，可以让外婆更清晰地听到我说“外婆我爱你”。妈妈抱着我有些激动，我能理解妈妈的感慨——我长大了。

所以，我从不掩饰自己对金钱的喜爱之情，我认为这并没有什么可羞耻的，我可以理直气壮地说我所花的每一分钱到我过的生活都是我为自己提供的。我不是富二代，我对社会现状有着清醒的认识，我做这些是为了避免生活对我的羞辱，为了给自己提供更好的生活，我觉得这没有什么可耻的。

我还是坚持着每年一次长途旅行的习惯，2015年我去了云南，我在大理遇见了这辈子让我终生难忘的人，爱情在洱海边悄悄地萌芽，不过，那是另一个故事了。

亲爱的姑娘，不要相信金钱会让人堕落和空虚之类的鬼话。空虚寂寞的人没钱也空虚，热爱生活的人有钱只会让生活更加的充实。普通人用大量的时间换取金钱，而有梦想的人则用金钱去换取自由或者理想，给自己更多的时间，去创造和体验更多有意义的事情。

我们爱钱但我们光明磊落地为自己赚钱，可以更好地杜绝拖累到别人，可以更好地掌握自己的命运，所以，理直气壮地爱钱真的挺好的。

我挑选自己喜欢的工作，选择自己中意的男子，为老妈的旅行买单，在我25岁的年纪不依附任何人而有尊严地活着，为自己生活品质的提高不断努力，独立让我变得更加坚强自信。

你努力了那么久，在别人眼里只是幸运而已

很多时候我都不明白，为什么大家喜欢把别人的成功归结于“运气好”？后来某天我就豁然开朗了，我觉得其实这是一件特别简单的事情。因为运气是一种特别虚无缥缈的东西，把别人的成功归结于运气之上，不就为自己的不成功不努力找到了一个很好的借口吗？因为我们没有资源，没有好的运气，所以我们理所当然没有别人做得好。无论我们怎么努力都不行，所以停滞不前则是最好的选择。

1

2015年跳槽成功，我多方面试找工作，终于谋了一份很不错的职务，工作是老本行码字，但待遇却三级跳，我满心欢愉，于是发朋友圈简单地介绍了这件事。

很短的时间里，朋友圈点赞与祝贺的声音一片，我这个拥有玻璃心的姑娘享受着别人的祝福与称赞。

“嘀嘀嘀”，微信上有新的短消息，点开发信人是刚工作参加活动时认识的一个姑娘，我们暂且称其为小B姑娘，姑娘最近频繁地在我的网络平台和个人公众号上浏览。她很直接地问我：“如何才能成为一个好的作家？”

看到这句我有些懵，码字对我来说只是个人兴趣，我从来没想过用作家这个定位来形容自己，我知道我充其量是个小写手。我说：“我也是刚入门，没什么诀窍吧，就是多写多看，写得多看得多了慢慢就找到了自己的风格。”

小B姑娘继续说道：“好吧，我大学时候读的也是中文系，感觉现在写文这个东西放下了就拾不起来了。我也想有个自己的平台，可以尽情地在上面书写。”我说：“这很简单啊，现在社交平台这么发达，你可以自己去注册一个简书或者是个人公众号，定期在上面写好文章发布就好了。”

“哦，我其实也只是想想，并没有考虑得那么细致。你是不是认识很多的编辑啊，有很多发文章的门路啊？”小B姑娘继续说道。

我好像并没有认识特别多的编辑，你写得好了写得多了，进入公众视野的文字多了，自然会有编辑来找你发文，这也并不是一件特别难的事情。很多事情都是这样，不管你处在什么位置和领域，你自己优秀了，你自己发光了，自然会有人来找你，如果水平差，有再多门路也白搭。其实做任何事情都是如此，实力第一，门路第二。或许是我讲话太有说教味，没多久，我俩就匆匆结束了对话。

我哑然失笑，或许从来没有人看到我的努力，这所有的一切都归功于我很“幸运”。

我翻看了一下我们的对话，觉得很有意思，或许一个人所问的问题多少反映了提问者的心理状态和逻辑思维的方式，确切来说，便是对同件事情每个人的关注点都不同。

从一开始小B姑娘就问我：“如何才能成为一个好的作家？”这是一个值得玩味的问题，当我听到她这个问题的时候，我想到的却是：

1.首先，在我心里作家是一个很神圣的称谓，作家需要无数的积累才能妙笔生花写出让人有共鸣的文字，我充其量算是一个喜欢写文的人。

2.她的问题很宽泛，“如何成为一个怎样的人”这个问题像极了我们中学时候的作文命题，宽泛的问题注定了这是一个有问而无解的难题，因为没有针对性。比如你问“如何成为一个孝顺的孩子”和“怎样成为妈妈的家务小帮手”，这两个问题相较，明显第二个更易于回答。

3.很多时候直接省略掉过程，只注重结果好像不行吧。为什么小B姑娘问的是“如何成为一个好的作家”，而不是“你写了多久了”“你是从什么时候开始写文章”这些更为具体和可行性更强的问题呢？请允许我妄自推测，这也是当下很多人的通病，只注重“结果”而对“过程”却并没那么在意。

4.当被问道“你是不是认识很多杂志和公众号的编辑”时，我已经不太想回答了，很多时候我们或者我们身边的人取得成功，或者坐到某个位置，被大众看见或者熟知，他们的第一反应就是，她太幸运了，她的关系广，她有门路，却常常忽视了别人的努力。

就拿我自己来说，我从十五六岁就开始写文，这么多年一直坚持写，如果你认识我，你会发现高中时期的我光厚厚的日记本就有三大本。那时候的我纯粹是出于兴趣，然后不断地投稿不停地参加作文比赛，我花了整整十年的时间，才让别人看到我写的文章。我常年做写文的兼职，手上运营三个公众号，我常常忙碌到深夜，我为了赶稿子通宵达旦。从来没有人关心过这些，一切哪有想象中的那么简单？凤凰涅槃浴火重生，我们只看到了凤凰的辉煌，却无法体味涅槃时的那种疼痛。说得无耻点，不努力又妄想成功的人活该平庸，活该一无是处。

2

我忽然间想起了室友莎莎的故事。

2014年对莎莎来说，是特别有纪念意义的一年，莎莎终于考取了某军大的研究生。网上查出成绩的第二天，莎莎请我们一大帮好朋友吃饭。席间觥筹交错，推杯换盏，我们都为莎莎感到高兴。

酒到深处，姑娘娜娜站起来举起酒杯说道“我真心地为莎莎的金榜题名感到开心，她是那么幸运的人儿，而我……”，说着喉头哽咽，眼泪竟然顺势流下来。此时的娜娜经历了考研失败加失恋的双重打击，莎莎好好的庆祝会变成了娜娜姑娘的哭诉会，气氛有些尴尬。

或许大家只是听到了莎莎的好成绩，听到了她考上研究生这件事情，然后很简单地把事情归功于她聪明，她有门路，她足够幸运。但是作为室友的我，见证了莎莎准备考研那黑暗的两年：她每天一大早骑着自行车，带着书本去图书馆，一坐就是一整天。夜晚披星戴月，穿梭在二军大校园里，经过一楼停尸房的时候，会不自觉地加快脚步。考研第二年，莎莎整整瘦了二十斤，心理上的煎熬加上复习功课的繁重，常常让她精神崩溃。那两年她基本上杜绝了所有的社交活动，无论刮风下雨总是能定点出现在自习室。

有天夜晚我起床上厕所，那已是深夜，透过半掩的门缝，我看到书桌前正在伏案写文的姑娘，一盏台灯一杯咖啡，台灯的光线下姑娘身影瘦长。说实话，莎莎并不是特别聪慧的姑娘，但是她足够努力，所以足够幸运。

而请问，那个时候的娜娜姑娘你在做什么？跟男友手牵手逛校园，跟男友花大精力地争吵然后和好，在寝室里睡懒觉……所以，还有什么可说的，这样的结果其实特别公平。

很多时候我都不明白，为什么大家喜欢把别人的成功归结于“运气好”？后来某天我就豁然开朗了，我觉得其实这是一件特别简单的事情。因为运气是一种特别虚无缥缈的东西，把别人的成功归结于运气之上，不就为自己的不成功不努力找到了一个很好的借口吗？因为我们没有资源，没有好的运气，所以我们理所当然没有别人做得好。无论我们怎么努力都不行，所以停滞不前则是最好的选择。

很多时候，我们以为的幸运，其实是别人努力了很久才发出来的光。比如考上北大的弟弟，比如谋得高薪职位的我，比如考上研究生的莎莎，我们的这一点点成绩，都不是凭空想象出来的，而是花了很多时间很多精力，靠着自己的努力才获取的。与其把别人的成功归功于运气，不如把成功建立在我们能驾驭的东西上，比如努力，比如勤奋，比如好的方法。

敢于承认别人比你努力才是你进步的开始，只有这样，你才能卯足全力，靠着这股劲儿迎头而上，用你超乎寻常的毅力和努力，摘取夜空中最闪亮的那颗星星。

那些注定会幸福的好姑娘

生活中就是有这样的一种姑娘，为人谦和自己条件好，心性平和还没有功利心，这样的姑娘注定会幸福，云朵就是活脱脱的例子。这样的姑娘搁谁家谁家幸福，关键的一点是她幸福了哪一家。云朵虽然没有介绍给表弟，但终归收获了幸福，我也只能酸溜溜地祝福，就像刘姐说的那样，我们是心胸宽广的人，只要云朵幸福就好了。

第一次看见云朵的时候，我就觉得这个姑娘真好。

首先值得介绍的是，我性别女，且在取向上特别正常。但是在遇见云朵的时候，我瞬间被她温婉的气质所打动，很多时候我们常常说相由心生，这姑娘真的太讨喜。那时候我是上海某杂志社的编辑，而云朵来单位面试实习生，而我同时负责招聘工作。跟云朵姑娘简单地聊了几句之后，我觉得真是舒服。一开口就微笑，俩酒窝显得明艳动人，再加上两颗小虎牙，可爱天真。她能很认真地倾听你讲话，同时在接你话的时候偶尔还有些小幽默，那种机灵劲儿不是刻意为之，而是让人从心底觉得舒服。

毋庸置疑，云朵在众多实习生中脱颖而出，她也果然没有让我失望。我常常惊叹于这个姑娘的耐心，当所有的同事因为加班拖工资气愤到脑门冒痘的时候，云朵仍旧淡然地校对着杂志的错别字，我偶尔看她一眼，迎面撞见的又是那个舒心的微笑，我第一次感觉到正能量带来的巨大效应，以前对桌的兰兰姑娘，每逢加班必哭丧着一张脸，每每看见那一张因愤怒而憋红的脸，再加上听到碎碎念般的嘟囔声，我整个人感觉要疯掉。

实习生云朵主要负责杂志的校对工作，这是一个极度需要耐心的工作，每一个错别字都会影响到杂志的整体效果，我觉得特神奇的一点是，云朵姑娘校对个错别字都能校对出俩酒窝来。她那样善解人意的微笑，无论是上对公司领导，下对保洁阿姨，她都保持着那善解人意的微笑，公司上下的人都对她称赞有加，那种谦和的不卑不亢让人觉得舒服，尤其是保洁阿姨常常拉着云朵的手，操心地问："闺女，你有对象吗？"

这才是问题的关键，不光保洁大妈操心、公司领导操心，连我们单位的会计刘姐也操心。这个问题的答案让很多人有些伤心，云朵有男朋友。每逢我跟财务刘姐聊天，刘姐总是念叨要是云朵姑娘没有对象就好了，谁家那小谁各方面条件不错，是个工程师。

有天我跟小姨聊天，偶尔透露出自己对云朵的喜爱，说小姑娘特机灵笑起来又好看，忽然发现小姨两眼冒光。

“这姑娘有对象吗？”哈哈，又是这个问题。

小姨说可以把云朵介绍给我表弟，表弟25岁，名牌大学毕业，现在在一家国企上班，人也长得风流倜傥，总体来说无论硬件还是软件都不错。这么一说，我倒也觉得俩人还挺搭，我跟阿姨一合计觉得俩人天生一对。

第二天上班，借着谈心的理由，把云朵的感情状况给套了个大概，云朵有个相处3个月的男友，貌似俩人感情还不错，云朵提起男友的时候脸上总是挂着甜蜜羞涩的微笑，下班买菜做饭，一脸贤良淑德。云朵的厨艺我是尝过的，虽不是大厨级别，但用美味可口来形容绝不为过。但是这姑娘总是自谦地说自己做饭不好吃，男朋友为了捧场假装说好吃之类的话。那种幸福与甜蜜感溢于言表。

我把云朵有男朋友这件事情跟小姨说了之后，小姨一阵叹息：“唉，这么好的姑娘怎么就有男朋友了呢？”我和小姨慨叹一番，得出一恶毒的结论——要是俩人分了就好了。两个恶毒的女人，竟然抱怨了一个中午。跟小姨彻谈之后我就格外地关注云朵的情感状况，财务刘姐也继续贼心不死地窥探着，公司的单身汪们也抓心挠肝地期盼着，或许是被人觊觎多了的缘故，几个月之后，云朵竟然真的跟男朋友分了手。

办公室的一帮中年妇女暗地里乐开了花，只有云朵姑娘一人黯然神伤。介绍表弟给云朵这件事情，虽然一直放在心里，但人家刚刚失恋，终归不太好说，于是这事儿一直在心里憋着。一个月之后，云朵的脸上渐渐有了笑意，午休间隙我拉着云朵的手说："姑娘你别伤心，姐姐再给你介绍一个更好的呗。"云朵略带羞涩地看了我一眼，然后双颊绯红，轻声说道："刘姐刚刚给我介绍了一个，双方已经见过面了，都觉得还不错。"

嘿，这刘姐！我有些生气，果然还是慢了一步，但仍旧抱着不抛弃不放弃的态度，继续推销表弟："我有个弟弟，长得不错条件也好，要不要再见见？多条选择。"

"这……总归是不太好吧。"云朵面露为难之色。算了，可叹表弟没有这样的命。没想到才一个月，刘姐居然捷足先登，只是在心里觉得有些对不起表弟，更不敢把云朵黄了又找了这事儿跟小姨说。每回小姨问起云朵，我都说人家还好着呢，只是不会再毒蛇地跟小姨探讨要是那啥就好了。这样的姑娘，注定会拥有幸福。

刘姐因为这件事情还特意请我吃了几次饭赔罪，席间更是笑开了花，我义愤填膺，每回都往贵了点，但这丝毫不影响她胜利者的姿态。几杯酒下肚之后，我常常会悲恨交加，觉得毁了表弟一生的幸福，指着刘姐就说道："你你你你个坏人……"后来几番交谈之后才知道，这一个月很多人都给云朵介绍过对象，这中间什么优质男子都有，每个人都觉得云朵跟他们很搭。后来我茅塞顿开，拍着大腿说道："呀，这不就是传说中的百搭姑娘吗？"下至工薪阶层，上到高富帅，每一种真的都合适。

生活中就是有这样的一种姑娘，为人谦和自己条件好，心性平和还没有功利心，这样的姑娘注定会幸福，云朵就是活脱脱的例子。这样的姑娘搁谁家谁家幸福，关键的一点是她幸福了哪一家。云朵虽然没有介绍给表弟，但终归收获了幸福，我也只能酸溜溜地祝福，就像刘姐说的那样，我们是心胸宽广的人，只要云朵幸福就好了。虽有些得了便宜卖乖感，但终究也是个真理，话糙理不糙。

一年之后，云朵和男孩修成正果，刘姐作为介绍人上台讲话时满脸乐开了花。

“第一次看见云朵这个姑娘，我就觉得好，这世间怎会有这样的姑娘，一颦一笑间都是景，心态也好。今天姑娘和我大外甥结婚，我作为介绍人，祝他们一生幸福。”满堂宾客举起酒杯，我也酸溜溜地举杯，我们的百搭姑娘嫁人了，我们的“小心思”都白搭了。

云朵仍旧保持着特有的微笑，只是脸上多了些新娘的幸福光环，当她挽着新郎的手臂朝我们敬酒时，我似乎看到了姑娘的幸福。有些人结婚，很多人就会觉得遗憾，而能让我们这些毒舌中年妇女觉得遗憾的姑娘，定会更加幸福。

谁说不是呢？

第二辑

情——关于爱，我有1000个期待

致那些被爱情辜负的好姑娘

> 我不停地跟身边的姑娘抱怨、哭泣，见着人就跟祥林嫂似的絮絮叨叨讲述我那悲悲戚戚的爱情，没事就“感时花溅泪，恨别鸟惊心”，下场雨都孱弱得跟林黛玉似的伤春悲秋，或许并没有那么悲伤，很多情况下悲伤这种东西是自己臆想出来的，对于刚失恋的姑娘来说，这方面简直就是天赋异禀。

记得曾经有本畅销书叫作《一人食》，言简意赅地来说这本书是一个单身资深小吃货的自白书。一个人，也要过得精致温暖。或许食物真的具备超乎想象的治愈力量，它能填饱你的肚子，更能治愈你的孤独。然我们却更能明确地知道，一个人的生活也可以过得丰富多彩，我把这种生活简称为“一人活”。

我不知道自己有多久没有牵过小男生的手了，不知道多久没有为另一个人热泪盈眶，更不知道爱情这种东西究竟值不值得让人再次信赖，似乎一切都已经成为了一种习惯。

有人说失恋就是一个重感冒自愈的过程，等到某天烧退了，你也便痊愈了。或者严格意义上来说，我觉得更像是在戒毒。爱情的毒反复发作，我们反复博弈，毒瘾发作的时候让你生不如死，你恨不得第一时间拿起电话，反复拨打那倒背如流的号码，甚至头脑发昏到以放弃自尊的方式再续前缘，号啕大哭，不停地寻找试图拉你上岸的救命稻草，却最终淹没在悲伤的海洋里。当然，我说的这种失恋，是针对被分手的一方，若你是趾高气扬主动放弃的一方，我说的每一句话都不适合你。从“歇斯底里”到“一人活”，黄小仙用了33天，当然那是鉴于有王小贱的出现，如果你真的泪眼婆娑地问，这段时间要多久，我只能假装温情地告诉你，“放下即是结束”，当然谁都知道这是一句天杀的屁话。

时间会抚平掉一切，但是并不能带走一切，伤口在痊愈的同时，也在结痂。我身边失恋的姑娘比比皆是，在我看来每个都是好姑娘，却往往也不得善终，我把自己失恋的情况规划成了三个阶段，希望可以帮助到那些被爱情辜负的姑娘们。

第一阶段：歇斯底里期

“昨天是恋人，今天说分手就分手”，蔡依林在《我知道你很难过》中如是唱到。我始终坚信，失恋是一场阴谋，这个世界上没有斩钉截铁的恩断义绝，所以在这场悲剧发生前，一方其实已经密谋了很久。

所以你应该很清楚地明白，他不愿意跟你在一起就是真的不愿意跟你在一起，而并非如想象中的有难言之隐。当我听到前任说分手这件事情的时候，我首先想到是他是不是遇到什么难处了：难道他得了白血病，有人在挟持他，或者仅仅只是逗我玩？诸如此类的想法不下百种，其实原因只有一个——他不爱你了。所以，姑娘，首先请你勇敢地接受这一点。

这样蓄谋已久的一场阴谋，岂是你放下身段哭哭啼啼就能挽回得了的？当然，在失恋的第一个月，我也没有理性到哪里，甚至比很多姑娘更夸张。这个时期朋友就显得尤为珍贵起来，记得刚刚失恋的那段时间，我整个人就像是一个期期艾艾的怨妇，我不停地跟身边的姑娘抱怨、哭泣，见着人就跟祥林嫂似的絮絮叨叨讲述我那悲悲戚戚的爱情，没事就“感时花溅泪，恨别鸟惊心”，下场雨都孱弱得跟林黛玉似的伤春悲秋，或许并没有那么悲伤，很多情况下悲伤这种东西是自己臆想出来的，对于刚失恋的姑娘来说，这方面简直就是天赋异禀。

但是这种哭哭啼啼的行为，除了自贬身价之外毫无用处，若是再激进一点有炮轰金门想法的姑娘，更是坚定了对方离开你的决心。他甚至会暗自庆幸：“这是一什么女的，还好我离开了她。”我身边有个姑娘做得很好，从失恋开始，每次想打电话给前任的时候，要么将手机藏起来，要么打给朋友分散注意力。姑娘，如果失恋了，给自己一周的时间，让自己沉醉放纵，哪怕祥林嫂附身也没关系，七天一过，你必须明确地知道，你不能这样下去，因为生活中不仅仅有爱情，还有其他美好的事物。

第二阶段：聒噪前进期

当我意识到哭泣、倾诉没有任何意义的时候，我便自觉地踏进了第二个时期。

我开始试图证明自己，因为被分手这记降龙十八掌一下打在我的胸口，让我窒息不能自已。我的心中存在各种各样的焦虑与怀疑，我不知道是不是真的是自己的问题，我不知道自己是不是真的优秀，我更不知道我还有没有爱人的能力。于是，证明自己便成了我急于要做的事情。

对我来说，这是一个异常聒噪的时期，认识我的朋友都知道，那段时间我是朋友圈的刷屏狂人。我的生活被各种各样新奇的事物包围，我开始想着努力赚钱、组乐队、玩滑板、不停地接触形形色色的人，我把自己的人生安排得忙碌到按小时计算，我觉得自己过得异常充盈。这个时期的我像是一个努力充气的皮球，努力地想向所有人证明自己。但是越是炫耀什么，不越是证明了自己缺少什么吗？事实证明那段时间的我是极其不自信的。当然我的乖张也让身边的人对我产生了看法，总会有人不停地在耳边跟我说："一一，你太能折腾，你这样的年纪不年轻了，好好嫁人算了。"

我只有笑笑不接话茬儿，继续埋头沉浸在自己的世界。这个世界是贫瘠的、浅薄的和肤浅的，又或是丰富多彩的、趣味盎然的和充满意义的，不是应该自己说了算吗？

我很庆幸，我有一个足够强大的母亲，无论我做什么她都会捧场说好，我恋爱她说你选的男孩不错，我失恋她说会有更好的，我去唱歌她说你最棒，我去滑板她说注意安全……感谢有这样一个人一直支持我，才让我有足够的勇气与这个世界相抗衡。

第三阶段：一人活时期

不知道多久之后的某天，我抬起头看了看蓝天白云，忽然觉得好美，我能感觉到自己曾经破碎的心在苏醒。

当你坚持到这个阶段的时候，我能说的只有恭喜恭喜，你能够足够理性地看待你们曾经的那段感情，分手的原因或许是一个误会，或许是性格的缺陷，或许只是彼此之间不够深爱，此刻的你早已百毒不侵，悲悲戚戚的小女儿情绪已经无法再控制你。

直到我走进第三个阶段，也就是我现在的这种状态，我只能用平静与享受这两个词来形容，我不再疯狂地让自己参加活动，也不再努力地把自己装扮成一个工作狂的样子，而是愿意卸下身上所有的伪装。以前的时候我觉得不工作、不写文字、不赚钱就是堕落，现在才知道那些想法有多么的可笑，看着家里桌角边已经落满灰尘的CD，我忍不住问自己，当年那个戴着耳机穿着蓝色长裙的快乐女孩子去了哪里？我觉得我的面前常常横亘着一座山丘，努力踏过去便是新生活。

李宗盛大哥唱到“越过山丘，才发现有人等候”。姑娘，勇敢地跨过去，人生依旧美好。

关于25岁我有很多话要说

这个世界上，一定有我们不知道的故事，一定有我们还无法体会的情感，一定还有我们无法企及的那种坚强和勇敢，你看不到，不等于不存在，你不了解，不等于旁人无法体会。有人庸庸碌碌，有人随性洒脱，有人自我狭隘，有人立志高远。佛曰，不可说，不可说。

我25岁，走在人生的道路上，隐隐觉得有些不安。

25岁那年，冬皇孟小冬已经结束了与梅兰芳的爱情，成为京城有名的角儿，誉满全国；25岁的林徽因早已结束了欧洲的环游，与梁思成诞下女儿梁再冰；有南唐北陆之称的唐瑛女士，也已经结束与宋子文的倾世之爱；25岁的张爱玲出版了她最重要的小说集《传奇》，与胡兰成先生那段低到尘埃里的旷世之恋已经接近尾声；25岁的电影皇后胡蝶主演的中国第一部配音片《歌女红牡丹》登上大荧幕，这部影片30年代在国内打破国产影片有史以来上座率的最高纪录，后到东南亚、日本、西欧诸国演出，也大获好评；25岁的赵四小姐，此时已经生下了与张学良将军的独子，陪同张学良将军开始了漫长的幽禁岁月；25岁的陆小曼已经离过一次婚，在与徐志摩的婚姻里摸爬滚打。在民国名媛的世界里，25岁时人生的大事儿基本已经完成，她们在最鼎盛的年纪里成就了自己。

张爱玲说，出名要趁早。而对于现在的我们来说，在最美好的年纪里成就自己太难了。25岁的姑娘才刚刚步入社会；有的还在校园这座象牙塔里受课业的折磨；有的刚刚谋得一份职位，还尚未做出一番成就，便被家里人催促着结婚生子；而那些已经结婚生子的，日日围着老公和孩子转，再也走不出厨房这片狭小的空间。

关于未来，我和很多姑娘一样迷茫。这个世界上有太多太多的声音，有人说“世界那么大，我要去看看”，可是在我真的下定决心踏上一个人的旅程的时候，过程是欢愉的，但是我很快就被欢愉过后的寂寞空虚感所吞噬了。有人说25岁的姑娘年纪不小了该找个人嫁了，我看着身边那些步入婚姻殿堂的女孩儿，并没有从她们身上看到很多值得我艳羡的东西，有的只是不思进取和日渐变得臃肿不堪的身躯，在我不知道婚姻能带给我什么的时候我不愿这样仓促而行。

打开电视或者翻阅报纸，常常能看到这样惊悚的广告词：“女人到了25岁之后，皮肤的水分会急速地流失……”我的脑海中瞬间脑补出一幅恐怖的画面：我站在镜子前，镜中25岁的姑娘面容急剧地衰老，分分钟改变，酷似昙花一现。想起这些，我竟然真的有些头皮发麻，这所有的一切似乎都在向我们预示着，过了25岁，女孩子的青春就不在了，早点找个好人嫁了算了，要不然胶原蛋白流失、皱纹横生，连嫁出去都是一件极其困难的事情。

有了这样的社会诱导，再加上社会舆论惊人的约束力，各种现实的问题扑面而来，七大姑八大姨们才可以在这个世界自由驰骋。而很多女孩在二十几岁的时候常常经受不住这样的社会诱导，忤逆自己的心随便选个人就嫁掉了，不知道是对七大姑八大姨就范，还是对这个世界乖乖就范。然后婚姻并没有解决问题，而是带来了更大的一堆问题，问题变成难题匆忙着陆接踵而来。

我表姐今年28岁，真是在25岁那年频繁相亲然后嫁了人。我想我永远记得姨妈在表姐25岁时的样子，好像表姐当年不嫁出去就犯了滔天大罪，以至于很长时间我都有些抵制25岁，怕我妈妈跟姨妈一样，将我逼入万丈深渊。还好我妈妈比较开放，这样的故事未发生在我身上。在表姐经历了走马观花的相亲之后，终于选定了一个条件还不错的男孩儿，男孩儿家里是做生意的，用姨妈的话来说，女婿有房、有车、人又长得帅气，好吧，众人看来是个皆大欢喜的结局。可在婚礼那天，我在两个新人的脸上完全看不到新婚燕尔的喜悦感，有的只是疲惫感，这两个人像是被硬生生捆绑在一起。

表姐在经历了两年晒朋友圈和短暂的代购生活之后，有天忽然问我“能不能帮我介绍份工作”，我忽然间觉得有些惊讶，需要向一个比自己小的妹妹求助，她的生活想必并没有朋友圈上晒的那样光鲜亮丽。

很多人都说“过了25岁要抓紧把自己嫁出去了”，然而婚姻并不是一项福利，对我们来说很多时候，婚姻更是一种责任。当我们不够强大的时候，我们对婚姻的掌控能力和对失败婚姻的止损能力还太弱，所以修炼好自己让自己变得优秀且坚强比匆忙出嫁更有意义。

你认为嫁出去就会幸福？你认为进入婚姻就代表恩恩爱爱和拥有长期饭票？你认为与丈夫的七年之痒和与婆婆的周旋较量哪个好得过职场上的拼杀？你认为给孩子择校、缴学费是一件很容易的事？很多人都认同女孩子过了30岁就不值钱了这样的论调，这是因为她们十几岁二十几岁的时候同样不值钱，并且试图拉其他人下水，事实证明，30岁之后，优秀的姑娘依然优秀，坚韧的姑娘依然坚韧，而三八依旧三八。

可能是由于职业的缘故，我身边有很多优秀的姑娘。她们有的有固定的伴侣，有的处于单身的状态每天读书健身，有的离异了满世界地跑，她们的共同点是并没有因为觉得自己年纪大了就惶惶不可终日。所以对于女人来说，终其一生应该考虑的是怎样让自己变得更优秀，怎样才能不断地去提高自己，哪怕一辈子没有寻觅到灵魂伴侣，最差的结果也不过是一个人优雅地老去，而不是让自己深陷泥沼而不能自拔。我可以理解父母们盼其成家立业的心，但估计也没有几个父母愿意听女儿在出嫁后抱着孩子回来哭诉：“妈，他家暴。”

有的姑娘一直过着这样精彩独立的生活，有的姑娘在三十几岁的时候忽然幡然醒悟了，开始明白随波逐流的生活并不是自己想要的，于是开始抛下前尘往事，重新追逐自己的梦想，过自己想要的生活，于是我们常常会听到这样的新闻，“三十几岁的女白领辞去优渥的工作，离婚或者是分手，然后开启一个人的旅行”，等等，屡见不鲜。

怀着对自己的亏欠之心，这些姑娘开始重新选择自由自在的生活，她们任性地宠爱着自己。前段时间休假去了大理一趟，在大理慢节奏的生活中这样的姑娘比比皆是，有的开着小小的餐厅或咖啡馆，有的养着慵懒的宠物，慢节奏地生活着，努力地爱着自己。她们大多气质恬淡，目光平静而坚定，一看就是在大城市里生活过很多年，她们的婚恋观是，与其事后幡然醒悟不如想清楚了再结婚。

这个世界上，一定有我们不知道的故事，一定有我们还无法体会的情感，一定还有我们无法企及的那种坚强和勇敢，你看不到，不等于不存在，你不了解，不等于旁人无法体会。有人庸庸碌碌，有人随性洒脱，有人自我狭隘，有人立志高远。佛曰，不可说，不可说。

你若盛开，清风自来。与其追着千里马，不如为自己养片草原，待春暖花开时，自有万匹千里马出现，任你挑选。

人生即是如此，你或许随波逐流落入红尘，你或许浪迹天涯飘散风中。有道是人间万苦人最苦，终不悔九死一生落尘埃。

做自己就好，献给25岁的姑娘。

小城姑娘的梦想之旅

在这个貌似浮华的世界里，我们每个人都像大海中最最渺小的浮游生物一般，我们为了生活努力，欢笑、哭泣甚至悲愤，我们被很多人所辜负，我们也辜负了很多人。我们在爱与被爱中努力挣扎，但是当我们真的走过生命中的那段旅程时，你会赫然发现人生中最宝贵的不是你享受了多少物质，而是你有多少的梦想与坚持，最念念不忘的竟是深夜中那个让你痛哭的人。

太爷是我朋友，太爷是个直爽的东北姑娘。

太爷之所以叫太爷并不是因为这姑娘有多德高望重，年纪有多大，而是长相实在是有些显老。一个姑娘被人称作是爷，本身就已经很揪心，而称作太爷，这应该算是一种浩劫了。但是，太爷不这样认为，你每次叫她，她都屁颠屁颠地回答，“叫人家干啥”，然后回头百媚生，满脸的褶子。

而太爷却有一个极其美艳的名字，叫张倾城。

2003年，太爷20岁，我们大三，离毕业还有一年。

那个时候的她已被称为“太爷”好多年，太爷的家在遥远的松花江畔小镇，家里孩子很多，太爷是老大。整个大学期间，我都没见太爷穿过几件新衣服，总是穿那几件已经洗得发白的格子衬衫。

太爷大一的时候暗恋过一个男孩叫章某某，章某某五大三粗，却吟得一首好诗，正是这种穷酸的假文青气质吸引了太爷，直到有一天我看着太爷望着几米之外的章某某，忽然脸颊一片绯红，那一刻我知道太爷恋爱了，但是太爷的爱情仅仅限于脸红，再也没有更多的表现。

我说：“太爷，你为啥不去表白？”太爷用手托了托眼镜架，若有所思地说道：“等我变得更好吧。”说罢便埋头于题海中，对于清闲到无所事事的大学生来说，太爷绝对是个励志标杆。

“你什么时候才能变得更好呀？”有一天我忍不住问道。

“你可能不知道，我一直在变得更好呀，我妈妈是个美人，可是当我一出生我妈妈看见我的样子时，她竟然哭了，可能是失望吧，小时候的我长得挺丑，妈妈希望我变美，所以给我起名字叫倾城。但是，妈妈的梦想似乎并没有实现，这让我也有些挫败感。后来弟弟妹妹相继出世，或许是他们太过耀眼，显得我更加灰暗了。”说起这些我看到太爷厚镜片下的眼神有些暗淡，我不禁有些心疼。

“哈，还好，这些我并不介意，我从小到大考试都考第一名，拿奖状，参加作文大赛、奥数大赛，还是三好学生、优秀干部……”太爷的眼睛瞬间明亮起来，“或许我的故事听起来有些乏味，我整个少年时代都是在刷题海、孜孜不倦的努力当中度过的，没事的时候我就读书、写小说，给自己编制美好的故事与未来，我享受这样的生活。后来，我就慢慢近视了，且近视度数越来越高，镜片越来越厚，眼睛越来越无神。我初二的时候，有一次我爸带我去吃饭，陪同的叔叔看着我说，‘你家姑娘真不错’，我知道那一定是在应付我爸，那是客套话。”

太爷边说这些，便又埋下头背了一个单词：“perspective，p-e-r-s-p-e-c-t-i-v-e，观点。”她用轻微的气息吐出这个单词，恍然间看着眼前这个异常努力的姑娘我竟然有些心疼。

“后来，高一那年我妈去世了，我抱着她的骨灰盒哭了一夜，我觉得这个世界上再也没有什么值得我去留恋的了，后来高考，我便毫不犹豫地离开了家乡，来到了上海，然后就遇到了你们。”我想，那个时候的太爷定是对未来充满希望的，然而一个小镇的姑娘来到了大城市，来到这个又忙又乱又吵的环境，内心该是怎样的无所适从，还好太爷足够坚强。

我总是说太爷真是一个圆梦者，在她的世界里似乎没有做不到的事情。高三那年太爷看着考上名牌大学的学长学姐回母校做报告，她跟自己说有天一定要跟他们一样，结果第二年的春天，太爷就坐在主席台上对着母校的学弟学妹侃侃而谈自己的高考成功经验；大一入学的军训把每个人晒得黑乎乎，大家都敏感又自卑，学校的迎新晚会上我们对着灯光闪耀异常的舞台憧憬，有天自己能勇敢地站在这个舞台上，结果后来，我们一帮同学渐渐淡忘了这个小心愿，而太爷一直坚持，凭借幽默的口才与缜密的思维，一次次地登上校文艺汇演最佳女主持的宝座，我们看着五彩灯光下的太爷，集体佩服得五体投地。

“太爷，你接下来的梦想是什么？”我总是对她的世界充满好奇。

“读研，出国，去外面的世界看看。”

不久之后，我们面临大学毕业，我留在了上海，开始过起朝九晚五的女白领生活，可能由于我是上海人的原因，日子过得还算安逸，而太爷则真的收到了某大学的研究生入学通知。在离校的那天，太爷拉着大一入学时带的那个木箱，仍旧穿着洗得发白的格子衫，与大一入学那年唯一的不同是，此时的她不再是短发齐耳的假小子，四年里她留了足够长的头发。

祝福你，姑娘。

我在心底默默说道，在太爷转身离开的那一瞬，扬起的马尾在阳光下显得青春洋溢，恍如隔世。

后来大家各自忙碌联系极少，时光飞逝把我们每个人带到了2013年，我33岁了，从网络得知小镇姑娘张倾城厌倦了大城市的生活漂洋过海去了美国，见证了更多的人和风景。

我33岁了，人生的旅程已经走了一大段。

在这个貌似浮华的世界里，我们每个人都像大海中最最渺小的浮游生物一般，我们为了生活努力，欢笑、哭泣甚至悲愤，我们被很多人所辜负，我们也辜负了很多人。我们在爱与被爱中努力挣扎，但是当我们真的走过生命中的那段旅程时，你会赫然发现人生中最宝贵的不是你享受了多少物质，而是你有多少的梦想与坚持，最念念不忘的竟是深夜中那个让你痛哭的人。我们辜负过生活，也被生活所辜负。

2014年同学聚会，我又见到了久违的小镇姑娘太爷，太爷拖家带口去参加同学会，此时的太爷穿着精致的大衣，画着淡淡的妆，脸上还是有些褶子，太爷还是那个太爷，但是感觉却大不相同，究竟是什么变了，我不知道。

彼时的她说厌倦了大洋彼岸的生活，举家回到了上海。我们都早已为人妻为人母，猛然回头时，发现太爷老公有些眼熟——章某某！嘿，人生果然是个喜剧。

太爷的儿子4岁，不安分地坐在婴儿车里，我逗他玩："小家伙，小家伙……"

小家伙用稚嫩的声音轻声道："叫我宝宝。"

我想起大一入学时，太爷站在讲台上，略显羞涩地自我介绍："我叫倾城，张倾城。"

万里无云，阳光跟那天一样美好。

失恋是个狗东西

爱情真的是一种奇怪的东西，我承认我有些羡慕，若他男朋友这一生都将她当作小女人一般地宠着，为其打理生活中的一切，这便也是一种幸福，而这种幸福更是我们常人这辈子都无法理解的。而若遇到一个半路逆反的男子，不知道她一个人该如何来应对这个凶险的世界。

很多年前我身边有个姑娘叫妞子，样子小小模样乖巧，张口便是“我男朋友说”，每个周末都与男朋友缠绵厮守。每每我们开她的玩笑，她总是会说：“哎呀，我们年底就要订婚了。”然后脸上泛起两朵好看的潮红。

某次与其同游西塘，才发现她的慌张，第一次知道原来她从未自己一人出去过，甚至更让我吃惊的是，她来上海那么久，竟然连地铁票都不会买。在地铁入口她怯怯地对我说：“你可以帮我买地铁票吗？之前都是我男朋友帮我买的，我不会。”看着她略显怯懦的样子，我一时间竟然不知该如何接话。看得出，他男朋友把她照顾得很好。

整个旅程中，听得最多的话，便是“我们的导游去哪儿了”，话语间生怕一不小心便一个人被留在西塘。我是极其厌恶跟着导游瞎转的，一大帮子人傻傻地扛着小红旗在景区瞎转悠。我试着平复自己的心情，告诉她导游在哪里哪里，整个行程变得极其搞笑，一直追随着导游，在挤死人的街道上溜来溜去。天知道，西塘也不过就巴掌大的地方。

爱情真的是一种奇怪的东西，我承认我有些羡慕，若他男朋友这一生都将她当作小女人一般地宠着，为其打理生活中的一切，这便也是一种幸福，而这种幸福更是我们常人这辈子都无法理解的。而若遇到一个半路逆反的男子，不知道她一个人该如何来应对这个凶险的世界。

黄小仙说过：“你能不能再等等我，前路太险恶，世上这么多人，唯有你是令我有安全感的伴侣，请不要就这么放弃我，请你别放弃我。”我理解那种对未来充满惊恐的感觉，前方的路途是如此险恶，走到现在我怎样才能继续一人往前走，我还有多少勇气再去重新认识一个人重新跟他恋爱一起往前走，想想那定然是充满惊恐的。

后来，妞子和男朋友分手了，她终究还是没有嫁给曾经让她一心托付的男人，正如我所担心的一样，妞子的世界整个如坍塌掉一般，不吃不喝，整个人都瞬间沦陷掉。劝了很久，无果。

一大帮子朋友，怕妞子不开心，陪着她在KTV里鬼哭狼嚎地大叫，妞子一个人坐在角落边，手里拎着一瓶啤酒，边哭边嘟囔。我看着她眼睛里闪烁的泪光，在KTV闪耀的灯光下闪闪发光，忽然妞子拿起话筒，用嘶哑的声音伴随着音乐唱起来："死了都要爱，不淋漓尽致不痛快，宇宙毁灭心还在——"看着眼前泪流满面的姑娘，我心疼不已。

再后来，不知什么契机，她开始满世界地旅行。我常常看见她在世界各地拍的照片，有时候是在温暖的东京街头，有时候是在宏伟的埃及金字塔前，我看着一张张照片，心里有些莫名的感动，这还是当初那个连地铁票都不知道怎么买的姑娘吗？

2014年在意大利的维罗纳，我们再度相遇。异国他乡的重逢让我们格外的亲切，在那个柔情与浪漫并存的国度，我们肆意地诉说着曾经的日子。姑娘变得成熟了很多，脸上的稚嫩感渐渐褪去，曾经白嫩的皮肤也因为常年的旅行而变得黝黑健康，我们微笑着寒暄，讲述分开这几年的故事。我的脑海里总是想起那年KTV里，那个痛哭流涕的姑娘，而今看着眼前这个谈笑风生的女孩，我忽然有种恍若隔世的感觉。

"小一姐，我觉得自己挺傻的。"妞子忽然抬起头来看着我说道，"以前的时候，我所有的生活都以他为重心，我觉得他开心我就开心，我放弃了自己所有的生活，希望他能觉得我好，可是现在我才发现那些日子其实过得并不开心，现在的我感觉很好。"

我看着眼前的这个姑娘，想起曾经连去西塘都害怕被导游丢下，甚至连地铁票都不会买的人，如今却一个人走遍了万水千山，这中间定然是吃了不少的苦。现在的她美丽自信，浑身上下散发着一种成熟女人的魅力，让人不得不驻足侧目。

“小一姐，你知道吗？有一次我在阿富汗，突然身边一个炸弹落下，身旁的人瞬间血崩。我只是受了点轻伤，而身边的那个人却再也无法睁开眼睛看看这个美好的世界了。我忽然间豁然开朗，觉得一切都明了了。感谢生活中的那些美好。”

我微微一笑，失恋是件让人痛苦的事情，这种疼痛需要自己体验，我们旁人多说也无用，还好时间治愈了妞子，让她成熟起来且变得足够优秀，感谢上苍。

2014年的盛夏，也就是刚刚过去的前几天，我在微信朋友圈上看到了妞子的照片，照片上的妞子穿着棉麻的长裙，迎风起舞的动作，长发飘飘，身后站着一个男子，穿着情侣款棉麻衬衣，两人一脸的幸福，这张照片的名字叫《娶我吧》。

你可能对这个世界迷茫过、质疑过，甚至愤怒过。可是你要知道，生命只有如此多的时间，如何度过是你自己的事情，与任何人都无关。所以，尽可能地让自己变得平和，感谢生命中所有可能与不可能。

我记得台湾曾经有部很火的小清新电影，叫《逆光飞翔》，女主在里面说过这样的一句话到现在仍然让我记忆犹新：“闭上眼睛，跟你一起去感觉，在没有光的世界里，踏出的每一步都需要很大的勇气。我想每个人的存在都是有他的原因，因为有你，让我相信我所遭遇的一切并不是在阻挡我的前进，而是要让我下定更大的决心。谢谢有你，让我明白，如果对喜欢的事情没有办法放弃，那就要更努力地让别人看到自己的存在。”

如果你觉得人生处在了冰点，你不再前进不再信心满满，这个时候你不妨勇敢地迈出前进的一步，既然已无退路，不妨前进到底。

愿世界将我温柔相待

我们每个人都有寂寞孤独的灵魂，又怎能试图从别人那里取暖？想想我们，一个人曾经那样的义无反顾，可以一个人坐地铁去很远的地方，一个人搬家，一个人拎着很重的东西，生病了一个人去打吊瓶，在病房里只有手机陪伴自己，一个人喝酒喝到断片，一个人在深夜痛哭流涕，然后去楼下大排档吃烤串……爱情有时候让我们变得娇气，曾经无坚不摧的自己去了哪里？工作丢了可以再找更好的，爱情丢了可以再找一个更爱自己的人，我们变得越来越好，才值得拥有更好的爱人与生活。

莫莫是我的闺蜜，三年前来上海之后认识的第一个好朋友。

25岁的某天夜晚，睡梦中接到莫莫的电话，她失恋了。电话那头的姑娘，委屈地不停问我为什么，我见证了莫莫和她男朋友的爱情，莫莫为他付出得真的太多，为他放弃家乡的工作，离开家乡的亲人，男孩考研她赚钱，一个人做很多份兼职，日子过得紧紧巴巴。我忽然有些伤感，为什么好姑娘往往不得善终。

在姑娘断断续续的哭泣中我了解到，这是一个现代版陈世美的故事，男孩考研成功，觉得自己的未来有无限可能，或许身边还有些花花草草的诱惑，便跟姑娘提了分手。

刚刚失恋的莫莫躲避了所有的人，推掉了所有的聚会，像一只受伤的小兽，除了上下班，其他时间便把自己关在房间里面。差不多有整整一个月的时间，莫莫断绝了跟所有人的联系，她把QQ的个性签名换成Hebe的歌词："我寂寞寂寞就好，这时候谁都别来安慰拥抱，就让我一个人去痛到受不了伤到快疯掉，死不了就还好。"莫莫整个人像是在经历一场灵魂的蜕变。

失恋第二个月，莫莫开始折腾搬家，说要离前男友远一点，要开始新生活。或许是因为在上海呆得足够久了，莫莫的行李从三包变成了五包，她搬家那天，我正好在南京出差，她硬生生地一个人把东西从五角场搬到了人广。我打电话过去，对面一片嘈杂，只听见莫莫的豪言壮语："哼，我发现我就是自己的男朋友，我竟然一个人搬完了所有的东西，从今天起我要为自己而活。"

我忽然想起很久前，初来上海的莫莫藏在男友身后，像个娇羞的大姑娘，而今却变成了一个女汉子。我真心要感叹岁月这把雕刻刀，她真的变了很多。

等我出差回来的时候去了莫莫的新家，真是不得不要感叹一番了。墙上贴满了她旅行的照片，还购置了一个小书架，书架上的书码得整整齐齐，不远处放着一把夏威夷小吉他，在窗台边还放着一盆盛开的雏菊，整个房间温馨而又浪漫。

“哎呦，我的文艺女青年。你这新家也太炫了吧，这是什么时候的爱好？我怎么不知道？”我拿起她的尤克里里，顺手拨弄起来，小吉他声音干净清脆，如同天籁。

莫莫似乎是听到了我声音中的奚落，不以为然道：“哼，你就没有些让人觉得好笑的爱好吗？房子是我租来的，可是生活是我自己的啊，我天天躺在这里，我要找一份家的感觉，这样才会觉得安心。”她这一句话像是戳中了我内心的某个部分，我瞬间笑不出来。

想想自己二十五六岁的年纪，生生地把生活过成了日子，天天和男朋友为了结婚买房的事情而发愁，不怎么去高档的餐厅，尽量减少消费，甚至没有兴趣爱好，天天为了生计忙碌奔走。为自己而活，这是多么令人羡慕的生活。

接下来每次去莫莫的新家，我总会发现一些小的改变，宜家的新墙纸、印度小地毯、田园风的小桌布，每次都有新的惊喜，莫莫躺在柔软的大床上，对我说，“姑娘，你知道吗？我现在发现一个人的生活也蛮有趣的，我以前天天围着他转，现在下班回到这个房间里，我有足够的时间自省，不用想着讨好他，不用考虑他今天做了什么，我可以完全地让自己沉浸在自己的世界里。每个月发工资的时候，我会拿出一部分钱来购置新家居，我之前的房间太low了有没有。”

莫莫果然像自己说的那般为自己而活，重金报名学芭蕾，周末坚持去外语角练习口语，有时间了便出门旅行，买上千的衣服，白天出入CBD过着光鲜亮丽的白领生活。只有我知道她更加努力了，做很多份的兼职，深夜一个人在收拾得温馨的小屋里熬夜码字，开始懂得自己照顾自己，知道在办公室里放件外套，知道家里放一把伞办公室里放一把，生活过得格外的充实。我时常看到她的脸上散发着迷人的光芒，那是一个自信的女孩子才会有的，想起之前恋爱中唯唯诺诺的莫莫，我忽然觉得对于莫莫来说失恋或许并不是一件坏事。

周末我和莫莫窝在她新买的沙发里看碟片，电影很老但是很经典，费雯丽主演的《魂断蓝桥》，看到结局女主走向死亡的时候，莫莫抱着抱枕开始流泪，边哭嘴里边嘟囔："为什么相爱的人不能在一起。"我知道哪怕失恋的莫莫，其实内心还在渴望着一分纯真的爱情。

为了缓解悲伤的情绪，我打趣道："不要悲伤了好吗，我的文艺女青年。"

莫莫泪眼婆娑道："其实也没什么，我总是那么感性，我只是觉得他们在最美好的年纪错过了彼此，他们应该一起去看看外面的世界，是那么的美好，一个人也应该好好地活下去不是吗。"莫莫拿起手帕擦干眼角的泪水。看着身边成熟又感性的姑娘，我不禁感慨万千。

一个人是会觉得孤单，在陌生的城市里没有安全感，可是安全感这种东西不是自己给自己的吗？我们每个人都有寂寞孤独的灵魂，又怎能试图从别人那里取暖？想想我们，一个人曾经那样的义无反顾，可以一个人坐地铁去很远的地方，一个人搬家，一个人拎着很重的东西，生病了一个人去打吊瓶，在病房里只有手机陪伴自己，一个人喝酒喝到断片，一个人在深夜痛哭流涕，然后去楼下大排档吃烤串……爱情有时候让我们变得娇气，曾经无坚不摧的自己去了哪里？工作丢了可以再找更好的，爱情丢了可以再找一个更爱自己的人，我们变得越来越好，才值得拥有更好的爱人与生活。

2014年11月，莫莫的生日，我和一帮朋友在莫莫租来的家里开派对，莫莫穿着白色的蓬蓬裙，如公主一般自信而高贵地接受每个人的祝福。

硕大的蛋糕上刻着“莫莫女王”这几个大字，谁都没有想到，当初为了爱情痛哭流涕的姑娘，如今已经足够的强大自信。27根蜡烛点燃，烛光照得莫莫的脸格外明艳动人。

“莫莫，你的生日愿望是什么？”有朋友问道。

“希望可以再多认识点自己吧。”她的笑是如此的灿烂，好像生活中没有坎坷，所有的一切都像是乐观主义下开出的花朵。我忽然想起莫莫的那句话：“我们可以让自己的生活过得更好，为什么要选择不呢？”

在时光飞梭中爱到天荒地老

相爱第十年，我们在人生这趟旅程中已经一起看过了千万的风景，哪怕光阴再如猛兽，时光再催人老，我也愿意坚定地爱你，我要你知道，我的世界里一直有你。

我一直觉得朋友阳阳是这个世界上最缺乏大脑的姑娘，说说她和男友李想的相识。

阳阳是我的室友，个子不高，皮肤有些黝黑，短发，性格开朗，最重要的是她爱笑，在众多朋友中，我一直认为她是笑得最好看的人。这个姑娘很特别，在众多追求房子车子的姑娘中，偶尔写些寡淡的文章，短发精灵般的气质更让她显得有些与众不同。

十年前的一个夜晚，她传简讯给我："小一，我好像恋爱了，他是个学生。"短短几个字让我从床上蹦起来，我秒回："哎呀，阳阳你终于开窍了，对方是谁？"这是我们认识这么多年，第一次见她认真地对我说，她恋爱了，而且恋爱的对象是个学生，要知道那个时候的阳阳在一家杂志社工作，虽说工作年份不多，但好歹也算在这个复杂多变的社会摸爬滚打了些时日，我很好奇，两个人有着不同的生活经历，是如何凑到一起的。

后来的某个时间，我终于见到了阳阳和他的男朋友李想，李想个子很高，脸上带着温柔的笑意，眼神有些微微的发亮，果然是个青春逼人的大男孩。阳阳依偎在身边，个子小巧，显得小鸟依人。

阳阳讲述了自己与李想的相识过程，有一次阳阳出差到一个有大海的城市，而李想在这个城市读大四，没几个月便将毕业。俩人是在海边相识的，阳阳第一眼看见李想的时候，就觉得这个男人是她这一生与之相伴的男人，而奇妙的是对方也有这种感觉，一见钟情的故事不多见，而两人相互一见钟情的故事就像是奇谈一般。在相识的第一天，俩人一起爬山，一起翻过围墙去看绝美的风景，一起对着大海唱歌。相识的第二天，俩人决定在一起，最关键的是，接下来的时间里，他们要开启漫长的异地恋。

我被俩人的爱情故事雷得外焦里嫩，半晌后啪的一下打在阳阳的手背上："姑娘，你脑子没事吧？"顺势摸摸额头，温度正常。

"哎呀，讨厌，我是认真的。"阳阳姑娘脸色一阵娇羞，眼神散发着光，我知道那是爱情的光芒。接下来的很长一段时间，俩人果然展开了异地恋。阳阳是个没什么社交圈的姑娘，下班就回家，窝在床上偶尔看看电影、写些小故事，而现在多了一项活动——跟李想打电话。

我常常会听到她打电话的声音，虽然掩着门，但还是可以听见，有时温柔、有时犀利、有时争吵、有时哭泣，当然最多的还是笑声。恋爱的女子，果然智商为零，我默默在心里说，但同样也为她感到高兴。

2004年的冬天，雪下得格外的大，纷纷扬扬的大雪似乎要把这个世界温柔覆盖。某周六我休息，而阳阳在加班，我一个人坐在家里看书百无聊赖，便跑到阳台上看雪景，忽见得一个男子手中握着一把玫瑰花，在寒风中哆哆嗦嗦，鲜红的玫瑰在雪白的世界里被衬托得更加耀眼。我仔细一看，这个男子便是阳阳的男朋友李想，我赶紧招呼李想进门，倒了一杯热水给他。

他的脸被冻得通红，眉毛上有些积雪，握着玻璃杯的手仍旧在颤抖，半晌被冻得说不出话来。

“李想，你傻啊，干吗不上来或者给阳阳打电话。”我忍不住说道。

“本来我是想坐阳阳下班点左右到的火车，也没什么事情便早点赶过来，一问阳阳在加班，想给她个惊喜，便在门口等着她了。”说完，李想喝了一口滚烫的热水，我在氤氲的雾气中有些感动。那个时候的李想已经毕业，准备考研，一个人去了上海，而阳阳仍旧在原来的城市，于是两人依旧异地恋，我知道，第二天是阳阳的生日。

我时常看着阳阳对着一摞摞的火车票、汽车票发呆，我知道那是两个人爱情的见证，那个时候的阳阳常常拉着我的手说，“一一姐，你说我跟他什么时候才能真正地在一起。”我看着阳阳的眼睛闪闪发亮，这样的女孩子真的让人心疼，我背过身去什么都不说，却真心为他们的爱情感动。

2005年1月，考研成绩出来，李想落榜。阳阳在一家小饭店里哭得稀里哗啦，我坐在她的身边，不知该怎样安慰，只是静静地说了一声："一切都会好的。"阳阳抬起满是泪痕的脸，对我说："一一姐，我要去上海了。"后来我才知道，李想家人把李想考研落榜一事归咎到阳阳身上。

4月，我送阳阳去机场，这是李想跟阳阳在一起的第二年，我帮阳阳拖着行李，走在偌大的机场候机厅。我鼻子一酸眼泪要掉下来，那个时候的阳阳仍旧是齐耳的短发，整个人显得干净利落。她看我流泪，便走过来轻轻拍我的肩膀，我们拥抱在一起，我在心里默默地说，"一定会幸福的，姑娘。"

飞机的引擎声呼啸而起，我隔着落地玻璃看着阳阳乘坐的那架飞机，心里有些不舍却又暖暖，我想起姑娘的那句话："一一姐，你说我跟他什么时候才能真正地在一起。"勇敢的姑娘，放弃了在自己城市所有的一切，为了爱人远走他乡。

接下来的很长一段时间，我得知他们的消息都是通过阳阳的QQ、电话、MSN，阳阳找了很久的工作，毕竟只是本科生，在上海那种掉下一块砖砸死一群博士生的地方，想做老本行难上加难。那个时候的阳阳，我从她的个性签名上能看出她的失落，而去一个新城市初来乍到的困境，大概只有她和李想才知道，这个时候的李想在准备第二年的考研，经历过考研"二战"的人几乎都知道，那是一段多么难熬的日子。

随之而来的争吵、焦虑，让两个年轻人无所适从。还好一切没多久便结束，阳阳找了一家公司去做网站编辑，跟之前的杂志编辑有所差别，但还好离老本行并不是多远。之后的时间我们都变得越来越忙碌，我和阳阳的交流也越来越少，毕竟我们之间相隔了那么遥远的距离。我还是时常会去看阳阳的心情，有时阴霾，有时微笑。

2006年的冬天接到阳阳的电话，语气欣喜，虽隔着千山万水，我都能听见姑娘语气中的快乐："一一姐，李想考上研究生了！"声音响彻在耳边，终于，皇天不负有心人。

2007年的夏天，我到上海出差，见到了久违的阳阳，姑娘变了很多，不再是当年那个素面朝天的小姑娘。浦东机场，我们再度拥抱，阳阳脸上画着浅浅的妆，嘴角上扬，高高扬起的马尾辫让我有种恍如隔世的感觉，有人说，"光阴是洪水猛兽"，可是它没有改变阳阳和李想眼中执着的爱情。南京路的小饭馆内，我们三个一起欢笑，我和阳阳好像又回到了从前的日子。

上帝似乎对这对小情侣格外关照，总是让更多好的故事发生在他们身上。2009年，李想公费出国，去美国深造，俩人即将变为异国恋，阳阳给我打电话说了很多，我只记得阳阳说的那句，"我愿意一直等他。"这是他们在一起的第五年。

时光荏苒。2014年我在QQ空间里看到了阳阳和李想的照片，在美国宾夕法尼亚大学的草坪上，已经年过30岁的阳阳和李想笑靥如花。李想穿着博士服，紧紧地拥抱着身边的阳阳，阳阳披散着乌黑的长发，一脸的幸福，照片旁边有一段小小的注解："相爱第十年，我们在人生这趟旅程中已经一起看过了千万的风景，哪怕光阴再如猛兽，时光再催人老，我也愿意坚定地爱你，我要你知道，我的世界里一直有你。”

我看着这句话，不禁潸然泪下，身旁三岁的小女儿用稚嫩的声音说：“妈妈，妈妈，你怎么哭了？”我紧紧地拥抱着小女儿，如同拥抱着整个世界。

第三辑

忆——往昔，你还记得吗？

那些离开的真的不会再回来了

我忽然想起曾经看到的一本书里的一段话，那本书的名字叫作《夜航西飞》，这是我最爱的一本书，书中有一段关于离别的话，写得理性而勇敢。“如果你必须离开一个地方，一个你曾经住过，爱过，深埋着你所有过往的地方，无论以何种方式离开，都不要慢慢离开，要尽你所能决绝地离开，永远不要回头，也永远不要相信过去的时光才是更好的，因为它们已经消亡。”

不久前我因为工作的原因要离开所在的城市，在离开的前一段时间，我开始跟身边的朋友道别，离别的味道似乎每天都凝聚在空气中。

很多时候，我们都嘻嘻哈哈地吃最后的道别饭，在欢乐的气氛中结束这场会见，确定彼此后会有期，总有一天我们还会相见，总有一天我会回到这个城市。

可是很多时候，我确切地知道，可能这次分离就是永别，所以跟每个人分别的时候，我都尽可能地目送别人远去。然后很多时候，晚风里，我会觉得特别伤感，身边时常有夜跑的人穿梭，不知道谁的手机铃声响起，是那首《飘洋过海来看你》：“在漫天风沙里，看着你远去，我竟悲伤得不能自已，多盼能送君千里，直到山穷水尽，一生和你相依。”

我仰望着天上的月亮，忽然间就哭了，哭得特别伤感。我坐在路边的石凳上，让悲伤的情绪肆意流露。大概十几分钟之后，当我准备离开的时候，我忽然发现身后放着一包纸巾，不得不承认，这是这个城市留给我最后的温暖。

我是一个特别惧怕分离的人，那个时候的我是不敢跟人说再见的，也不懂得该如何跟人告别。很多年前，爸爸离开了我和妈妈。妈妈一直告诉我爸爸是去外地工作了，总会有一天会回来看我们，我就这样日复一日年复一年地等待，那个时候的我是那样坚信爸爸会回来看我，我常常坐在家门口的石阶上，等待爸爸的归来。很多年后我才无意间从别人的口中知道，爸爸在我很小的时候就跟别的女人跑了，他有了自己的家庭，也有了自己的女儿，他不可能再回来。在明白这件事情的时候，我才发现，自己的等待是多么的幼稚可笑，我不恨妈妈的欺骗，如若没有她为我编织的这个梦，我就不会有那么多期待，从那时候开始，我就知道，勇敢地承认别人的离开比逃避更重要。

Z先生是我前任，哪怕很多年后的今天，我还是常常会梦见他，梦中的画面是我们分离的那天，他骑自行车送我到路口，我坐在自行车的后座上，双脚晃荡，看着他熟悉的面孔，往事都历历在目。只是爱情再也回不来了，我们有太相似的经历和自我追求的顽固性格，冷静又克制的原则。我们相互拥抱道别，大概很少有人分手能做到像我们一样彬彬有礼。他紧紧地拥抱着我，就像第一次拥抱的时候一样，第三个绿灯亮起的时候，我们松开彼此，头也不回地前行。在这段青春年少的关系里，我们都清楚地意识到，这次的再见可能是永别，有些人错过了就再也不会回来了。

关于这段爱情的结束，我归结为我们太年轻，我们在不同的人生路口相遇，却因为路途不同不能继续同行，这段关系看起来很酷，实际上却是很磨人。对年轻的我来说，长得太帅的人往往令我没有安全感，我们在争吵中渐渐让这段感情付诸东流。但是，好在我们足够理性，理性的判断像是一剂良药，拯救我们于泥淖之中。

我们就这样不约而同地消失在彼此的生活中，一年又一年，我离开了我们相爱的城市，我有了新的爱人，有了新的生活，而他也一样，漂洋过海追寻自己的未来和梦想。我跟朋友讲起我们最后离别的场景，朋友说："其实也很好，至少你们认真地道别过，再遇见也算是意外的收获。"我们彼此都坚定地知道，曾经的爱再也不会回来。我知道，如果真的再回来，我们都消磨了当初的固执，改变了生活的轨迹，怕是也没有必要重新开始了。

《大话西游》的结尾，孙悟空在风沙中离开的背影勇敢而决绝，《少年派》里的孟加拉虎在故事的最后也毫不犹豫地离开了派，我认为这是全剧最好的一个镜头，那不是决绝，而是开始一种新的生活。不拖泥带水不反复纠缠勇敢地去接受，这是我认为的离开最好的状态。

我忽然想起曾经看到的一本书里的一段话，那本书的名字叫作《夜航西飞》，这是我最爱的一本书，书中有一段关于离别的话，写得理性而勇敢："如果你必须离开一个地方，一个你曾经住过，爱过，深埋着你所有过往的地方，无论以何种方式离开，都不要慢慢离开，要尽你所能决绝地离开，永远不要回头，也永远不要相信过去的时光才是更好的，因为它们已经消亡。"作者在对待离别这件事情上，比我够狠，我会哭泣会难过，但是我更加坚信，人生在世，哪有事事都能如你所愿，哪能每个人都陪在你的周遭，接受离开的人不再回来也是生活中的必修课。

我忽然想起了我的朋友薇薇，我们认识大概有七年了。她和男朋友小B相识于一场朋友的聚会，俩人一见钟情，郎才女貌羡煞旁人。

不久后的某天，我接到了薇薇的电话，电话中的薇薇声音有些颤抖，原来薇薇发现小B其实爱的并不是自己，对于小B来说，薇薇充其量是个替代品，因为在他们在一起的第三天，薇薇发现小B还在日志里写着对前任的思念，这一点让薇薇无法接受，两人随即大吵一架。

"我该怎么办？"薇薇的声音有些无助，"我想离开他，但是我真的觉得不甘心。"

"分了吧。"我果断地说，然后那头是短暂的沉默。我明白，她早已想好了自己的做法，她有自己的主意，她想从我这里得到一个答案，但是这个答案正好我给不了。我没有劝她，等她哭诉完，我果断地挂了电话。这个时候，你可能会说，怎么会有你这样的朋友，你应该好好地去安慰她，让她离开渣男，早日重获幸福，可是敢承认不爱的人不会回来，这件事情我知道要靠自己，我们每个人都是凡人，断然地劝说他人抽身岂是这样容易的一件事情。

大概一个月后，我再次接到了薇薇的电话："亲爱的，祝福我吧，我终于勇敢地分手了，我这个月过得特别不好，几乎是在争吵、嫉妒、歇斯底里中度过的。直到后来的某天，我突然意识到，自己正在渐渐变成自己讨厌的样子，自私，发疯，如泼妇般地破口大骂，而他却再也不可能回来了，我曾经那么骄傲的姑娘如今怎会变得如此的招人讨厌。"我亲爱的姑娘，终于做了一个明智的选择，而这个选择又让她的生活多了一万种选择。

"我若离去，后会无期"有时候竟是一句至理名言，我努力地在和人相处的过程中做到不纠缠不折腾，我发现真正的勇士原来是那些敢于跟过去说再见，敢于和过去挥别的人，我们这一路走走散散，我们总会有新的相逢，所以，放下离别大步往前走，才会遇见更美好的事。

分手往事

我们在岁月面前变得畏缩变得不再勇敢，可是，爱情才是这个世界上最需要勇气的事啊，梁山伯与祝英台为爱化蝶，爱德华八世为爱放弃皇位，卡西莫多会因为爱情而变得勇敢只为保护埃斯梅拉达不受伤害……这一切的种种我们在爱情开始的时候，都可以毫不费力地做到。可是为什么，在后来一切都变得那么困难了呢?

一段爱情从擦肩而过到相拥而眠，这中间要经历多少次的争吵与历练，要经过多少次的考验与磨难，轻易地就放弃是对爱情也是对自己的不尊重。所以当你们再次想分手的时候，不如像夏天和米勒那样，列个分手清单，把所有的未做完的事情都做好，免得给爱情留下遗憾。

❶

在高档的西餐厅里，夏天和男友米勒正优雅地用餐。

夏天穿着优雅的长裙，米勒西装革履。俩人几乎一言不发，只是在看对方的时候，眼角会突然闪过一丝狡黠，再仔细观察你会发现，俩人的眼睛里都流淌着高压电，若是中间有什么东西，一定会被烧成灰烬。夏天大口吃了一块牛排，低头看了一眼手腕上的表。

“差不多了。”夏天说道。

“你确定？你现在还有后悔的机会。”米勒表情严肃，俩人之间似乎正在酝酿一场密谋。

“我要后悔就他妈不叫夏天。”说完夏天站起身来，走到米勒的身边，一把搂住，低下头亲吻，秒表的声音适时地响起，划破了餐厅的安静。

先是隔壁桌的女孩儿发现了俩人的异常，在瞠目结舌之间不小心蹭掉了身边的盘子，尖锐的声音引得用餐的人纷纷侧目，然后大家就都注视到了夏天和米勒。俩人仍然肆无忌惮地亲吻着，说实话更像是一场战争。大概谁都没有见过如此粗暴亲吻的两个人，夏天和米勒相互扯着对方的衣角，十指似乎要扣进对方的身体，所有人的眼神都黏在两个人的身上，大家肯定都在猜测俩人是什么关系。

秒表的滴答声继续，整整十分钟俩人的嘴巴就没有分开过，不知道是谁拿出手机咔嚓一声，把这对奇葩情侣的热辣亲吻拍了下来。在最后强烈的一声“滴”中，两人迅速推开了对方，然后夏天拿起包包俩人迅速逃离现场，钻入一辆白色的甲壳虫里，剩下满座宾客继续瞠目结舌。

夏天是我大学的室友，米勒是夏天谈了近三年的男朋友，当我听夏天讲这件事情的时候，嘴巴半天都没闭上。

“等着吧，这才是第一站，米勒太他妈狠了！”夏天嘟着被米勒咬肿的嘴唇面目狰狞，没想到当年的模范情侣，如今变成这般痴男怨女。

不知道从什么时候开始，俩人的关系发生了微妙的变化，出现的时候不再像连体婴儿一般，说起对方的时候恨不得掐死对方180次。

终于在一个狂风暴雨的午后，俩人就“你为什么看我不爽”这个话题展开了激烈的讨论。至于为什么选择一个狂风暴雨的日子，夏天有自己的解释。

“你不觉得在大雨中狠心决绝离开的背影很帅气吗？”我只能说夏天你韩剧中毒太深，大雨里尼玛连眼睛都睁不开，谁会看你的背影决绝不决绝，要是再弄个伤风感冒引起肺炎挂了，人生都完蛋了。当然对于夏天这种将作死进行到底的姑娘，我知道我说什么都没用。

俩人查了天气预报，静候那天暴风雨的到来。

暴风雨如期而至，俩人站在雨中凝望，从未有过的相敬如宾。

米勒先打破了沉默，做了一个女士优先的动作。

“还是你先来吧。”夏天忽然不知道自己该说些什么。

“那我就承让先来了。”米勒倒是不客气，小马哥上身似的大喊起来。

“夏天，我明话告诉你，我早就受不了你了，凭什么我们在一块儿都是你说吃什么就吃什么，我他妈不喜欢吃猪肉，你他妈偏偏要我吃，咱俩吵架哪回不是我他妈死乞白赖地找你，就你公主啊，趾高气扬的！还有咱俩那啥的时候，凭啥总是你在上面，我都快被你搞得腰肌劳损了……”

夏天一听这个，火气蹭蹭地往上冒，立刻反唇相讥。

“米勒，你他妈就不是一男人，为了这点小事儿跟我在这胡咧咧，你看你都瘦成什么样子了，要你吃猪肉吃猪腰子还不是为了给你补补！你他妈一男人，吵架了哄哄我怎么了？那啥的时候我在上面你他妈不省劲儿吗，得了便宜还卖乖！米勒你就是一心机屌，我真是看错你了，我要跟你分手！”

“分手就分手！”暴雨越下越大，果然如我所料，俩人在雨水中都睁不开双眼。

夏天哭着跑回房间，背影显得格外的狼狈，雨水和泪水花了夏天的妆，泥巴弄脏了夏天的裙子，所有的一切跟想象中的决绝帅气差了十万八千里。

夏天回去特疼爱自己地洗个热水澡，刚刚洗完米勒就回来了。裹着浴巾的夏天一看到米勒气不打一处来，想起米勒说的那些话忍不住大哭起来。

夏天这一哭，倒是让米勒慌了神儿。他伸手去抚摸夏天的头发，却被夏天一巴掌推开。

“夏天你他妈没治了！”

“我就没治了。”夏天拿起手机噼里啪啦一阵乱摁，“米勒，你陪我做完这些咱俩就分手，从此之后恩断义绝，老死不相往来！”

米勒接过手机一看，上面写着“分手清单”几个大字儿。

“好，一言为定，谁怂谁他妈是孙子！”

分手第二站。

夏天和米勒站在市中心最火的那家烧鸡店里。夏天喜欢吃这家的烧鸡，米勒常常排队买给她。

“老板，给我来十只烧鸡！”夏天一进店就喊道。老板跟他俩已经很熟了，刚想说“你们来了”，瞬间感觉到气氛有些诡异，生生把这句话给咽了下去。

十只香喷喷的烤鸡一上来，夏天完全不顾烫口地拿起来撕咬，米勒紧跟其上，吓坏了刚刚上菜的老板娘。

一只烧鸡下肚，夏天已经开始恶心，感觉胃要被撑开了，米勒也不甘示弱地吃。吃到第二只，夏天起身到洗手台边狂吐，边吐边哭，为什么曾经那么好吃的烧鸡现在不好吃了呢？

等夏天吐完回到饭桌前，发现米勒的肚子已经圆滚滚，十只烧鸡只剩下三只。

夏天继续回到位置上吃起来，边吃边吐。

“差不多可以了，夏天我输了。”米勒近乎哀求。

夏天气急败坏地拿出一个小本，把分手清单上的一个条目划掉——一起吃掉十只夏天最爱的烧鸡。

夜幕降临，甲壳虫在大学路上缓缓前行。

车内的俩人默不作声，看着大学路华灯初上，夏天忽然有些感慨。

“停车！”夏天忽然一声疾呼，车子缓缓地停靠在路边，夏天跑到路边的一条石凳旁，米勒坐在车里燃起一根烟。

夏天走到石凳前打开手机的手电，在耀眼的灯光下，夏天看见石凳的下面仍然刻着几个大字，“夏天米勒永不分离”，这几个大字还是如此的清晰。夏天用颤抖的手一字一句地抚摸，夏日的暖风吹过，吹醒了夏天的记忆。

那是一个下雪天，学校附近刚刚修了一批水泥石凳，趁着水泥未干，俩人偷偷地在石凳下刻上了这几个大字，当时美其名曰要让这批石凳见证他俩的爱情，三年过去了石凳还在可是俩人却要分开了。

一刻钟的时间，夏天重新回到甲壳虫里，此时车内仍旧烟雾缭绕。

“开车吧，最后一站。”夏天说道。

今夜的星空如此璀璨，今夜的两人各怀心事。

在某大的东门，车子缓缓停下，夏天拿出粉饼来补个妆，涂了唇彩，把自己收拾得光鲜亮丽，优雅地走到东门的正中间。

“米勒，开始。”

“夏天，我喜欢你，我真的喜欢你，从第一眼见到你的时候我就想要你当我女朋友了。夏天，我愿意让你虐一辈子。”米勒单膝跪地，一切都跟三年前一样。

“米勒，你喜欢我哪儿啊具体点。”夏天娇嗔道。

“我喜欢你手指上没有毛儿，看着特干净。”听米勒这么一说，夏天忍不住笑起来。

“还有呢，给我具体点儿说。”

“我喜欢你的大脾气，喜欢被你虐完千百遍，但我仍然待你如初恋，喜欢看你睡觉的时候的鼻孔，我觉得跟猪一样特可爱，喜欢你的耳朵毛茸茸的，我经常想把它涂上颜色……”米勒继续跪地说着，夏天笑得眼泪都要流出来。有好事的车经过，拼命按喇叭。

时间在那一刻好像回到了三年前。

时间好像静止了，所有美好的回忆扑面而来。

“好了，一切结束了，我们正式分手吧。”夏天说出这句话的时候，眼角的眼泪早已肆意流出。为什么会有些舍不得呢?

“我不同意。”米勒斩钉截铁地说道，“凭什么所有的都是你说了算。”

米勒快步上前紧紧地抱着夏天，像拥抱着整个世界，米勒抱得那样紧，生怕一松手就会失去夏天。

夏天在挣扎中一脸幸福。

3

在这个世界上，每天都有情侣分手，他们分开的理由千奇百怪：不爱了没感觉；我是黄钻你不是；我喜欢睡觉你喜欢旅行；你化妆的样子跟不化妆差太多；异地恋；他不喜欢你乱花钱；他抠鼻屎的样子你觉得恶心极了……

这样的理由有千万个，如果非要说下去，我可以说个一天一夜。在我们最初相遇的瞬间，我们都在努力地隐藏着自己的缺点，尽可能地去展现自己光鲜亮丽的那一面。但是随着时光的打磨，在各种细节的考验之下，再完美的爱情也可能会输给岁月，变得斑驳不堪。你会忽然发现，曾经你心目中的男神女神早已物是人非，于是开始千方百计地寻找各种各样的理由与借口，成为我们分开的导火线与助燃剂。

我们在岁月面前变得畏缩变得不再勇敢，可是，爱情才是这个世界上最需要勇气的事啊。梁山伯与祝英台为爱化蝶，爱德华八世为爱放弃皇位，卡西莫多会因为爱情而变得勇敢只为保护埃斯梅拉达不受伤害……这一切的种种我们在爱情开始的时候，都可以毫不费力地做到。可是为什么，在后来一切都变得那么困难了呢？

一段爱情从擦肩而过到相拥而眠，这中间要经历多少次的争吵与历练，要经过多少次的考验与磨难，轻易地就放弃是对爱情也是对自己的不尊重。所以当你们再次想分手的时候，不如像夏天和米勒那样，列个分手清单，把所有的未做完的事情都做好，免得给爱情留下遗憾。

人生在世遗憾已经够多了，少一点是一点。

或许你们在一起做好分手清单的时候，你会发现曾经那个可爱的她又回来了，他好像又变得帅气起来，她的笑容变得温暖了，他又跟从前一样对你呵护备至了，曾经吵到不可开交的问题竟然变得顺其自然迎刃而解了。

这就是传说中的置之死地而后生，愿你们都能幸福。

朋友圈二三事儿

后来我开始明白，过得好不好，快乐不快乐，这不是一件冷暖自知的事情吗？何必要像发布诏书一样昭告天下，况且真正能懂你，理解你，安慰你的人又有几个？忽然的某天，我觉得抱着手机的自己有点可怜，像倒垃圾一样地向这个虚拟的世界倾倒悲伤，却也没有得到我想要的世界，痛苦依旧在，也并没有因为别人的一个点赞更加欢喜。

工作之余，曾经加过一个吉他群，群里有个姑娘讲话犀利，个性纯真，甚得群内男子的喜欢。我是一个朋友圈的刷屏狂人，常常喜欢把自己的照片和一些生活感悟发起来没完没了，我知道我是一个挺招人烦的人，于是自动地屏蔽了一些我觉得可能会给他们带来不适的

人，姑娘就是其中的一个。

没多久，群主就找我聊天，说“你为什么屏蔽某某某”，原来姑娘发现我屏蔽了她，于是跟群主抱怨，然后我一阵慌乱，其实我屏蔽了一帮人，我本性纯良，为了避免让别人天天看我刷屏。我抱歉之下难免词不达意，赶紧去朋友圈尴尬解封，又是发红包，又是解释，虽是表面冰释前嫌，但总觉得她对我的态度有些怪异，这也怨不得别人，谋杀一段友情，从屏蔽朋友圈开始。

不知道什么时候开始，两个人吵架、闹别扭、看不惯，甚至是情侣之间的分手，都是从屏蔽对方的朋友圈开始，让你看不到我的状态，让你知道你已经在我的朋友圈里死去，这貌似已经成了一种严肃的社会问题。

很久之前我并未把屏蔽与被屏蔽看成是一个关乎撕逼的问题，原因很简单，我经常会屏蔽看不爽的信息，尤其是常见的代购、鸡汤以及孩子、美食，甚至会主动帮助别人屏蔽我，因为我也会常常手贱地控制不住刷屏，为了避免引起不适感，我会主动地让别人不看我的朋友圈。直到姑娘找上门，气势汹汹地问我为何向她屏蔽我的朋友圈，我才意识到问题的严重性，用某人的话来说，我在不知不觉间伤害了别人的感情。

因为屏蔽朋友圈而导致的乌龙事件有很多，我失恋的那段时间，我常常自嘲地称自己是神经病，常常会发些莫名的说说，转发些失恋鸡汤。为了避免让我哭爹喊娘的情绪影响到我的父母，我主动屏蔽了我妈的朋友圈，我爸是个对现代社交无感的老头儿，压根就没有微信。本想等我正常了就恢复对我妈的可见，殊不知机智之余却忘记了我七大姑八大姨的威力，因为我忘记屏蔽她们，我低估了她们剧透的本事。

有天我姨妈打电话给我妈，顺带着说了一句：“一一最近好像情绪不佳啊，是不是跟小男朋友分手了？”

我妈一脸茫然：“你怎么知道的？”

“看朋友圈啊，你没看到？”姨妈似乎没有认识到自己说错话了，继续喋喋不休，而我妈的脸色却一分钟比一分钟难看。

挂了姨妈的电话，她马上打电话给我，第一句就是：“你是不是对妈妈屏蔽了你的朋友圈？”

“我……”我大感不妙，于是从实招来，殊不知电话那头的妈妈早已哭起来，她说第一次觉得我跟她距离好远，那状态绝对是我跟她断绝了母女关系。

千哄万哄，终于哄得妈妈破涕为笑，并保证以后再也不敢对妈妈屏蔽朋友圈，其实，我只是怕他们担心，仅此而已。

以上种种案例向我证实，我以后再也不敢随意地屏蔽别人了，无论亲情友情爱情，现在变得格外的脆弱，一个朋友圈的屏蔽，足以引发世界大战的爆发。点赞便是朋友，屏蔽即是撕逼，这是一个什么样的时代，我已看不懂。

2

很多时候我都在想，我为什么要不停地刷朋友圈。

在刷存在感啊，朋友H一语道破真谛，我恍然大悟。

忧郁发作，写下心情，渴望别人点赞或者评论安慰，在别人貌似的关心下逐一回复，然后靠这个来证明我们还活着。

于是很长时间，我都活在朋友圈里，我不停地刷，花费很多的精力和时间，抱着手机，盯着屏幕，用满腔热血，精心维护彼此之间脆弱的友情。

后来我开始明白，过得好不好，快乐不快乐，这不是一件冷暖自知的事情吗？何必要像发布诏书一样昭告天下，况且真正能懂你，理解你，安慰你的人又有几个？忽然的某天，我觉得抱着手机的自己有点可怜，向倒垃圾一样地向这个虚拟的世界倾倒悲伤，却也没有得到我想要的世界，痛苦依旧在，也并没有因为别人的一个点赞更加欢喜。

开心了就去找朋友庆祝，失落难过了直接找人喝酒倾诉，这些不比隔着冰冷的屏幕，你一言我一语地回复好太多么？我把大把的时间留给了冰冷的机器，而忽视了身边活生生的人。

不久前的某个午后，我看见楼下的老先生和老太太一起饭后遛弯，身后牵着一只大大的萨摩。俩人边走边在讨论什么，夕阳的余晖照在俩人的身上，一瞬间我茅塞顿开，这不就是我们倾尽毕生要寻找的最浪漫的事么？老人面带笑容，身后的爱笑天使萨摩眼睛也笑得弯成了月亮。试想一下，两位老人一人抱着一个手机，坐在夕阳下刷朋友圈，彼此之间并无沟通交流，狗狗自己呆坐在身后，这样的场景你还会觉得美吗？

我能想到最浪漫的事情就是随处可抓到你的手，转脸的时候就能看见你幸福的笑容，在这个世界上，只有陪伴才是最长情的告白。

我千里传音，你点赞敷衍一句，我们的亲情、友情、爱情怎么才能继续下去？

❸

从朋友圈开始的那天，商业也尾随而至。

大量的公众号拔地而起，微商遍布朋友圈，几乎要把其刷爆才甘心，然而时不时的我也会被拉下水，有人会莫名地扔给你一条链接，然后要你点赞转发，一副你点赞不转发就要跟你撕逼的阵势。点赞之交淡若水，转发之交甘若醴。这个时候，我常常会直接无视掉。

我也是一个公众号的运营者，我知道转发可以带来的粉丝增长效益，但是你若跟我非亲非故，我忽然就帮你点赞转发，尤其是微商小朋友，我都不确定你卖的东西是不是假货，万一质量不过关，我还得担负推销假冒伪劣产品的罪名，我没事老帮你转发卖东西，你让我朋友怎么看我，让我亲人怎么看我，让我男神怎么看我（这姑娘有病吧，没事儿老发些垃圾信息）？然后对我的智商人品进行各种质疑。

我的公众号做得挺寡淡的，除了在初期，我写了一篇文章告诉我的朋友们，我要做一个公众号了，希望你们能够关注下。至于关注不关注，那是你们自己的事情了，这大概也是为什么我粉丝不跟别人家一样，蹭蹭上涨的根本原因吧。

我的公众号更像是我的一个抒写情感的渠道，我会在上面发些我关注的东西，我喜欢的音乐，我热爱的电影，倘若你不热爱你不喜欢你关注了也没什么用，弄些僵尸粉，完全没情感的互动，那又有什么意思呢？我一直秉承高山流水觅知音的心态，懂你的人自然会关注你。在我公众号上线的第一天，我还没发布任何内容的时候，有30个左右的种子用户，这30个人是我平时积攒出来的黄金用户，他们关注的很大一部分原因是相信我的实力，期待我能做出别人想要的东西。而我也不愿意让一个傻瓜贸贸然地来关注我，当然这也是在很久之后我才想明白的。

交朋友不易，且行且珍惜。做事情之前先动动脑子，否则被拉黑是分分钟的事情。

相信爱情，才能遇见爱情

“我现在唯一能做的就是，把自己的生活过好，让自己的生活过得绚烂又夺目，就像《西游记》里的师徒四人一样继续上路，我坚信终有一人会发现我的美好，视我为珍宝……”从她这段话中，我总结出了八个字“来者不拒，去者不留”，对待爱情要有所期待，无所畏惧，等到缘分出现的时候，静享幸福，对于那些曾经逝去的爱情，我们要明白，那个男人的心注定是无法挽留，不如放手让其随风飘扬，放下包袱继续前行，因为这个世界上会有更好的男人等待着你。

某日在图书馆跟朋友一起看书，忽然朋友在我耳边悄悄地念了一段话：“有些人总说玩够了就找个老实人结婚，我们老实人上辈子挖你家祖坟了吗？这辈子要遭这样的罪。”哈哈，朋友念出这句话时，我已笑到人仰马翻。没有爱情的日子，靠找个老实人就真的可以解决一切问题吗？

我表姐大三的时候，遇见了曾经爱得死去活来的男朋友，如果你知道如胶似漆这个词，用来形容我表姐跟他男朋友一点也不过分，任何场合，只要两人公开出现，定然是腻在一起，开启虐狗模式。很久以后的某天，表姐喝多了，让我去接她，她在昏黄的路灯下摇摇晃晃，小醉微醺，脚下生风，表姐看着昏黄的路灯忽然哭起来，我有些手足无措。

“你知道吗？不知道从什么时候开始他变了，我记得他刚追我的时候，有一天我跟他说我喝多了要他来接我，他二话不说心急火燎地从家里往这边赶，其实那天我也没喝醉，我就故意说自己特难受，他一直给我打电话怕我害怕，我就倚在路灯下的电线杆上有一搭没一搭地跟他聊着，直到我看到他出现，脑门上全是汗水，一上来就问我哪儿难受。我当时真的特别感动，心里跟喝了蜜一样甜。但是现在我就是跟他说，我家巷子门口有人杀人了，估计他也会特别冷淡地跟我说，跟他说有什么用，别自己吓唬自己了。”表姐说这些的时候眼睛里含着泪水，看得出有多委屈。

后来表姐火速地离开了这个在她口中对她不好的男人，并且迅速地开启了高速的相亲模式。短短一个月的时间，所有的一切发生了翻天覆地的变化，第二个月表姐便嫁人了。嫁的对象也很诡异，原谅我用诡异这个词来形容，因为两家父母经过分析身高、相貌、生辰、家庭、学历、工作等诸多因素，开启搜索模式，迅速地搜索到了对方，两家父母一拍即合，声称这是天造地设的一对。

表姐夫和表姐都是刚刚失恋的人，或许是经历了伤害之后看穿了爱情皆是浮云，纷纷接受了家里人的安排。于是两个人迅速地摁下了enter键，进入了快进模式。当我听到这个消息的时候，惊讶得说不出话来，但两家风风火火地买房、装修，婚宴更是搞得风风火火。婚礼那天，虽然对这段婚姻有些质疑，但我还是怀着对神圣婚姻殿堂的朝圣之心去参加的，但是当我看到表姐的时候，我还是继续想用诡异这个词语，两个人貌合神离，我从未见到过如此疲惫的表姐，整个婚礼表姐从头到尾都没有笑过，显得尴尬至极。

在我看来这对天造地设的夫妻之间连最起码的悸动喜欢都没有，又何谈以后的相濡以沫白头到老？我很毒蛇地做了这样的分析，因为爱情这种东西骗不了别人更骗不了自己。

我不敢妄自揣测表姐和表姐夫未来的生活，因为幸福这种事情完全要靠自己，我想说的是无论任何时候任何阶段，我们都应该保持一颗相信爱的真心，年纪大、条件好、看破红尘都不能成为我们不相信爱情的理由，只有等到我们真的相信爱情了，爱情才会如约而至。

台湾歌手林志炫有首歌叫《单身情歌》，第一次听这首歌大概是在十几年前，那时候的我完全不理解这首歌的含义，等到后来某次同事聚会，在KTV里，一个32岁的单身姑娘用自己的方式演绎这首歌曲时，我才豁然开朗。在这个世界上，谁都想找一个深爱的相爱的最爱的人来告别单身，但倘若我们经历伤害就不再相信爱情，只是随便地找个人结婚生子，两个人在一起带来的永远是无尽的伤害和矛盾，这样的生活我宁可不要。

曾经有个28岁的姑娘拒绝父母安排的一切相亲活动，在一次采访活动中她这样说：“我并不是不想结婚，也不是恐婚，结婚后的日子我可以想象出来，白天基本上就是挣钱养家，晚上做家务带孩子，难得有个周末休息日还要去孝敬公婆，万一碰上个老公出轨，还要跟小三费尽心机地斗智斗勇，在一切尚未准备好之前，就要去承受这些，这是多么大的损失和痛苦。现在的我有自己的生活，有自己的工作和朋友圈子，我的生活可以说是多姿多彩，我没必要拼命往婚姻这所围城里面钻，一个真正独立的女人，才有底气等待纯粹的爱情。”说得多好，随着社会的进步，越来越多的女孩子开始变得坚强独立，不再把婚姻当作是生活的唯一归宿和目的，不再视单身为洪水猛兽，这无疑是时代的一种发展与进步。

张爱玲曾经说过这样的一段话：“每个人的一生，都会邂逅极端或深或浅的缘分。只是时光长短，萍聚云散，由不得你做主。穿行在摩肩接踵的人流中，缘分会指引你，找到那个与你心意相通的人。或许这时间没有谁，能够陪你真正走向终点，但我们依然要感恩那些深刻的相逢。”我有个很好的女性朋友，在经历了三段感情之后仍然孑然一身。我在听完她的三段爱情故事之后，问她：“当你经历过这三段感情之后，你会对爱情产生恐惧感，因此觉得自己得不到爱情吗？”

听完我的话，她嘴角微微一笑：“我为什么要觉得恐惧害怕呢？爱情又不是洪水猛兽，我现在对待爱情仍然有百分百的期待。可能我以前做得不对的一点就是对男人的期望太高了，我常常对他们抱有很多不切实际的希望，然而事情的真相却是，希望越大，失望越大。我现在唯一能做的就是，把自己的生活过好，让自己的生活过得绚烂又夺目，就像《西游记》里的师徒四人一样继续上路，我坚信终有一人会发现我的美好，视我为珍宝……”从她这段话中，我总结出了八个字“来者不拒，去者不留”，对待爱情要有所期待，无所畏惧，等到缘分出现的时候，静享幸福，对于那些曾经逝去的爱情，我们要明白，那个男人的心注定是无法挽留，不如放手让其随风飘扬，放下包袱继续前行，因为这个世界上会有更好的男人等待着你。

说得没错，只有独立坚强自信的姑娘，才配拥有等待爱情的底气和遇见爱情的好运气。

感谢你没有娶我

周周说，之所以能够那么快地放下大陆，是她忽然间领悟了大陆这么多年的这些做法都是因为他不够爱，所以才会有了“大长腿”，有了“我妈妈不喜欢你”等这样那样的理由。他甚至都没有尝试下就直接放弃了。

1

我们三只单身汪组团相亲的时候，唯独少了周周。

粒粒姑娘画风突变，从屌丝女士变成了娴熟的良家妇女，跟戴眼镜的男子在隔壁桌聊文艺，聊梁山伯与祝英台变成的那俩蝴蝶是不是飞去了西伯利亚从而引起了蝴蝶效应。我在桌子底下狂向粒粒竖中指，她瞥一眼直接掠过。

等了半天，我的相亲对象也没到，这是我第五次相亲失败。咒骂着不靠谱的婚介中心，我觉得无聊至极，便直接打车去周周的家。

又一个放本姑娘鸽子的，一天被人放两次鸽子的我显然有些怒气冲冲。

狂按门铃，周周一脸睡意惺忪。

“干吗放一姐的鸽子！”我问，“你个傻妞不是在等浪子回头吧。”

“鬼的浪子回头，浪子要是敢回头，我砍死他！”周周顶着一头乱糟糟的头发，算了，不相亲就不相亲吧，真是一对人间怨侣。

我们嘴里的浪子是周周的前任大陆，那时候周周和大陆在我们同学中是出了名的神仙眷侣，周周弹得一手好钢琴，大陆是高我们一届的学长，高大帅气，是学校的体育部长。俩人天天溺死在一起，女寝楼下喂蚊子，每天深更半夜的周周一边拍打着蚊子，一边捂着羞红的脸往寝室里钻，我们三只单身汪懒得搭理她。

周周是典型的江浙女子，吴侬软语气质温婉，一米五八的身高，身材比例却极其协调，基本上属于小美女的行列。俩人的爱情如火如荼地进行着，丝毫不畏惧夏天的蚊子和冬天的严寒。

那个时候QQ空间特别流行，周周总是喜欢在QQ空间里写些她和大陆的爱情琐事，隔三差五我们的QQ空间就被周周刷屏，而大陆总是会在下面发一个调皮的微笑，俩人这种秀恩爱的行为天天被我们在寝室抨击，但周周仍然我行我素。

大陆大四的时候，为了找工作方便，搬出寝室在外面租了一套两居室。大三的我们仍旧有着繁杂的课业，况且同居这种事情对于学生来讲，也是有些心理压力的。住了两天，周周便搬回寝室，周周家还是比较传统的，要是被妈妈知道她在外面跟男票同居，少不了缺胳膊断腿。俩人依旧恩爱，只是因为大陆工作的原因，俩人见面的频率明显变少了。某天，周周一如既往地刷着QQ空间，忽然“哇”的一声大哭起来。

我跑到周周的电脑旁边，发现在大陆的QQ空间里有个陌生姑娘的留言：“谢谢你大陆，我会永远记得你。”不是吧，这中间到底有啥故事啊，说得这么暧昧?

“你说，大陆是不是爱上别人了？”周周泪眼婆娑地问我。

“这……应该不会吧。”在我的指引下，周周拿着一袋鸭脖决定上门问个究竟，直接杀了过去。走到楼下的奶茶店，却让周周看到了不想看到的一幕。

周周看见大陆和一个长发姑娘在奶茶店喝冷饮，姑娘貌美肤白，穿着紧身的牛仔裤和高腰的上衣，站起身来目测有一米七零。姑娘大长腿加柔顺长发，站在帅气的大陆身边，周周竟然恍惚中觉得两人还挺搭，几秒钟之后，周周恨不得抽自己几个大嘴巴子，怎么可以有这样的想法。

周周一时间有些反应不过来。

周周一动不动，隔着玻璃窗看着俩人。或许大陆是突然来了第六感，抬头就看见了自家的小白兔傻了似的站在门口，他马上冲到奶茶店外面，抱住浑身冰凉的周周。

“怎么了？”大陆连声问道。

大陆的安抚并没有缓解周周的悲伤，现在甚至还掺杂了一些愤怒的情绪。周周一抬手，鸭脖撒了一地，周周转身就走，但是在转身的那一瞬，周周忽然觉得女孩脸上有些含义不明的微笑，当然，这是周周后来告诉我们的。

接下来的几天，周周都没有搭理大陆，面对大陆的夺命连环call，周周一律直接忽视。直到某天我们下课，看见教室下面站着的大陆，手里拿着一捧鲜花，周周强行要走，大陆拽着周周的衣角不让，垂头丧气地说着事情的缘由。

原来大长腿是大陆的同事，有个要高考的妹妹，多次请大陆给妹妹补习功课。大陆抹不开面儿，就去家里几次，又怕周周多想，索性就没有告诉周周。那天是大长腿登门拜访，大陆觉得不合适，就索性请对方在楼下奶茶店喝冷饮。

周周的眼神里有些将信将疑，我这只单身汪在心里大喊“放屁”，但是鬼才信的理由周周竟然信了，都说恋爱中的女人智商为0，我看周周这智商得负到地下250米。

事情虽就这样过了，可问题似乎并没有结束。

周周发现姑娘仍旧会在QQ空间上给大陆留言，只不过会被大陆秒删；周周发现大陆好像并不讨厌大长腿；周周发现大陆看自己的眼神常常有些躲闪……一系列的问题接踵而来，让周周觉得无所适从。

周周常常会躲在寝室的被窝里偷偷地哭泣。

“我觉得我俩好像要完了……”某天周周看着我，突然从嘴边蹦出这几个字来。

我问她俩人发生了什么，周周也不说，只是默默地掉眼泪。

直到某天，大陆真的跟周周提出了分手。

大陆说："你太多疑了，我跟静静什么关系都没有（卧槽，居然敢在正室周周面前喊大长腿静静，真他妈够不要脸的了）。我觉得她一个小姑娘家家的，在公司常常加班到深夜，坦诚又天真，还不懂人情世故，所以只能用冷漠来保护自己。"

周周这次又哭了，只是被恶心到了。

在大四的尾巴上，周周和大陆这对曾经的模范情侣分手了。

没多久有探子来报，大陆和大长腿在一起了，还一起去了美国旅行。

这渣男，我们寝室一帮子姑娘恨得牙痒痒。

2

失恋后的周周马上面临大四实习找工作，在度过了长达一个月的以泪洗面时期后，周周在家人的劝说下回了老家。

周周爸妈动用所有的人力关系，给周周安排了水利局的一份工作，工资不高，但是福利待遇还不错。

时间不觉间过去了半年，周周开始逐渐从失恋的阴影中走出来，开始接受家里人安排的相亲，去见各种各样的男孩。

某天周周下班，正是寒冬腊月时，周周一出门就看见了大陆抱着一捧花站在公司楼下，半年未见，大陆似乎憔悴了很多，也变得黑瘦起来，彼时雪花纷纷，落在大陆身上，眉毛上睫毛上都沾满了白白的雪花，看见周周他一下子跪倒在地，求周周原谅。

看着眼前的大陆，周周“哇”的一声哭了。

周周想起了很多个夜晚，自习课的时候往窗外看，总是能看见大陆站在外面朝她做鬼脸，常常忍不住笑场，被白胡子教授骂的场景，想起了冬天的北京，大陆怕她冷，朝她手掌里吹热气的场景……这是大陆啊，她整整爱了3年的男人。

接下来的时间里，大陆去了周周家，跪在周周父母面前，求他们原谅，说自己没照顾好周周。周周躲在卧室里，听着大陆的声音泣不成声。

彼时的粒粒去澳大利亚出差，但仍然以周周娘家人的身份打越洋电话来拷问大陆。

大陆说大长腿是天真不谙世事，但是发起脾气来乱摔东西跟各种各样的男人暧昧不清，让他受不了，他想念周周了，想念周周的体贴温柔。

粒粒打电话给我的时候显得忧心忡忡，她说：“我觉得周周和大陆还得散。”

我赶紧挂了电话，生怕这一语成谶，担心周周再受伤害。

还好，一切顺利，周周和大陆开始商量结婚的事情，周周整个人快乐得像只百灵鸟。

整整3年，周周都没有见过大陆的父母，每次周周说“我去看看叔叔阿姨吧”，大陆都会以各种理由拒绝。周周好像听说，大陆家里是做生意的，很有钱。

“周周，见我父母的时候，你能不能穿双高跟鞋，我帮你买。”大陆这句话让周周觉得很意外，原来他一直介意自己一米五八的身高。

周周什么也没说，天天踩着十几公分的高跟鞋上下班，脚趾头磨了好几个泡，她打电话给我让我开车去接她，看着她受伤的脚趾，我忽然觉得一阵心塞，这他妈哪里是爱情！这根本是受罪。

见大陆父母的过程显得漫长而曲折，大陆的母亲一直趾高气扬：“你就是周周？”

整个过程不像一次会面，更像是一场拷问与严刑逼供。

见面后的一周，大陆再次失踪。

他给周周发了一条信息：“对不起，我妈不喜欢你，我们分手吧。”

短短的14个字，再次把周周推入万劫不复的深渊。

周周跑去大陆的单位，公司的领导说大陆换了工作，具体去了什么地方，未知。

周周再次失恋了，这次的原因是她一米五八的身高。

3

好在这次周周的反应并没有想象中那么强烈，似乎心已经被大陆伤透。

我们几只单身汪拉着周周逛街喝酒遛弯，甚至安排一起去相亲。

似乎是真的放下了，但是好像又什么都没放下。

周周选择了去旅行——云南。

整整一个月，我们几乎没有周周的任何消息，她的朋友圈变得异常安静，打电话也不接，周周也失踪了吗？

一个月之后，周周归来，皮肤变黑了不少，但是眉眼之间闪烁着风情，我知道那是爱情。果不其然，周周有“艳遇”了，还从云南带回来一个一米八几的大男生。周周在虎跳峡的时候，遇见大暴雨，也在那里遇见了阿来。

阿来是典型的北方男人，粗犷热情，在虎跳峡奋不顾身的爱情当中，一下子就俘获了大朋友周周的心。

周周说，之所以能够那么快地放下大陆，是她忽然间领悟了大陆这么多年的这些做法都是因为他不够爱，所以才会有了“大长腿”，有了“我妈妈不喜欢你”等这样那样的理由。他甚至都没有尝试下就直接放弃了。

关于阿来，我们仍旧忧心忡忡。不知道这个云南捡来的货怎样，但是他做的一切我们都看在眼里。

他为了周周放弃了原来的工作，把周周照顾得像宝宝一样，每天晚上陪她遛弯，早上给她买早饭，开车送她上下班，带她去见自己的父母，在众人面前叫她宝宝。

他没有多么的优秀与特别，但是他爱她，爱得自然朴实，他的行动打消了我们所有人的欲言又止。以前跟大陆在一起的时候，周周的情绪就像是在坐过山车，哭哭笑笑，还要担心身边的各种大长腿与小暧昧，而现在两个人的生活单纯而温暖，幸福得让我们这群单身汪嫉妒。

阿来也是一米八几的身高，穿着平底鞋的周周站在他身旁显得格外的小鸟依人。

一年后俩人结婚，我和粒粒跑去给周周当伴娘，新郎仍旧如当初般宝宝长宝宝短。看着幸福的周周，我忽然间有些慨叹，挥别错的才能和对的相逢，感谢大陆，你没有娶周周，才有她如今这般幸福。

谢大陆的不娶之恩。

遇人不淑，请及时止损

关于秀恩爱晒幸福这件事情，我其实并不是特别排斥，当然不要每天朋友圈刷屏我就可以接受。现在谈个恋爱，骑驴找马的太多，QQ密码不告诉你，银行卡密码不告诉你，从来不会在社交软件账号上发一条关于你的消息，也不会发一张你的照片，表面上是喜欢低调，但实际上是为了避免阴沟里翻船，怕自己的暧昧对象看见。所以我想说的是，天天秀恩爱晒幸福的有问题，但从来不晒的就更有问题，其实在秀恩爱这件事情上，男女都一样，恋爱中的男女身上都闪闪发亮，带着甜蜜的气息，字里行间都可以透露出来，想掩饰都掩饰不了。那种占有欲和不安全感，需要靠及时地晒幸福来满足和消除，就像张小娴说的那样，当你鬓已成霜，我才相信你真正的属于我。

今天是姐们儿Z小姐的生日，这是我们相识的第8年。

从大一开始俩人便厮混在一起，如今虽不在一个城市，却也常常一起分享身边的趣事。时间真是个奇妙的东西，仿佛昨天我们还是刚刚拖着行李去读大学的学生，仿佛昨天我们还是那个可以肆意地按照自己想法生活的孩子，仿佛昨天我们还是那个对于催我们结婚感到诧异的小姑娘。不觉间我俩都过了25岁这道被称为分水岭的坎儿。

在Z小姐26岁生日这天，天气阴霾，空气污染指数极高，Z小姐身体健康指数也日渐低迷，一个人去医院做胃镜，然后在人潮拥挤的大街上哭泣起来。可以想象在生日这天一个人要经历身体上一根管子插到胃里的痛苦，同时要经历精神上挥剑斩情丝的痛苦，好吧，现在一起来听听我们的故事。

Z小姐的故事

Z小姐认识Jerry是在国内某大型的交友相亲网站，我承认这样有些不靠谱。到现在为止我也没见过Jerry，但是从Z小姐的描述中我得知这是一个帅气逼人的男子，好吧，我暂且忘记情人眼里出西施这种说法。当Jerry第一次开着卡宴请Z小姐吃饭的时候，车窗摇下来，一张分外帅气的脸不可否认地让Z小姐心动了。Z小姐是南方人，Jerry是北方男人，在荷尔蒙的作用下，在Jerry的身上，Z小姐看到的全是北方男人的直率与洒脱，这大概就是爱情的力量。

这个时候的Z小姐已经有两年没谈恋爱了，Jerry开始了对Z小姐猛烈的追求。Z小姐是个比较传统的姑娘，在没遇见Jerry之前，一直秉承多了解再深入的恋爱模式，觉得真正的爱情要建立在相互了解的基础上，而Jerry则不停地用无数的案例向Z小姐证明，爱情就是要义无反顾，何须在乎认识时间的长短。在Jerry的疯狂追求与不断洗脑下，Z小姐终于缴械投降，直接坠入爱河。

两人开始的交往还算甜蜜，但是由于两人是相亲网站上认识的，所以也没有什么共同的朋友与交集，所以两个人对对方的信息除了名字和年纪外其他的几乎一无所知。每次Z小姐试图了解Jerry的时候，Jerry总是用“等到时机成熟我自然会向你说明一切，但是在这之前，我们都给彼此足够的时间了解，而隐忍有耐心则是优秀女人必备的品质”等诸如此类的狗屁理由来搪塞。Z小姐打电话给我抱怨的时候，我隐约间觉得有些不对，在我的指引下，Z小姐提出要看看Jerry的身份证，没想到却引来了Jerry的不满，说Z小姐不相信他。一个恋人连自己的身份证都不愿给她看，呵呵，基本信任感都没有何谈爱情？

情人节那天，Z小姐满心欢喜地等待Jerry的浪漫礼物，才恋爱一个月，想必这个情人节定是令人浪漫到流鼻血吧。鼻血是有了，但Z小姐却是被气得流鼻血。

一大早Z小姐收到了Jerry托快递送来的玫瑰花，然后是Jerry温情的电话：“亲爱的，节日快乐。我现在手头上有些事情要处理，你等我一下。”

Z小姐也是个通情达理之人，Jerry在忙工作，那当然要以事业为重。Z小姐仍旧满心欢喜地等待surprise的到来。整整一天，Z小姐都竭力控制自己不要联系Jerry，女孩子应该有女孩子的矜持。夜晚华灯初上，Jerry的电话仍旧没有打来。Z小姐再也憋不住了，一通电话打过去，尼玛那边却传来："对不起，您拨打的用户已关机。"

Z小姐一下子怒火中烧，这么重要的节日居然关机？Z小姐不停地打不停地打，但结果都是一样："您拨打的号码已关机。"就这样在他们的第一个情人节，Jerry的状态是失踪。

恋爱第3个月，Jerry依旧没有带Z小姐融入到自己的朋友圈，而是继续用"做一个有耐心的人，我条件这么好，你得珍惜懂事儿"这样的理由来搪塞，Z小姐的心在一点点地死去。Z小姐开始更加频繁地给我打电话，Z小姐说俩人商量好去Z小姐家吃饭，但结果却是Jerry出差了，拜访计划被搁浅；Z小姐说他常常忙到很晚，俩人只能匆匆地吃个宵夜，然后相互告别；Z小姐说常有个陌生电话打来，Jerry都是不接直接摁掉，然后偷溜出去回。

我说，你总结下你的这次恋爱。

"一无所知，毫不在乎。"Z小姐用了这8个字。

我不知道Z小姐的"高富帅"男朋友有什么难言之隐，但至少我知道Jerry是有问题的。他结婚了？他只是跟Z小姐玩玩？他其实还有一个女朋友？所有的这一切我们都不得而知。

很快，Z小姐下定了决心分手。

"为什么？"Jerry脸上有些惊讶，很显然Z小姐提出这个问题超出了他的预想。

"我已经给了我们3个月的时间，你到现在为止没有介绍你的一个朋友给我，没有透露你和你家人的任何信息，你像风一样自由，却从未考虑过我的感受我的焦虑。我不知道你有什么问题，你追我的时候可以冠冕堂皇地告诉我，真爱要义无反顾，现在却跟我说需要时间，你这种行为让我觉得很不爽，3个月的时间对你来说够了，现在我要明确地告诉你，咱们完蛋了。”说完头也不回地走开，留下傻眼的Jerry。

我为Z小姐的决绝和骄傲点赞，Z小姐就这样在意料之中地结束了和高富帅男朋友的短暂恋情，虽然有些不舍，但至少落得一个明朗的未来。Z小姐明白，继续等待换来的只能是对自己无止境的伤害，所以断然抽身，于是就有了在文章开始Z小姐一个人哭泣的场景。

要知道，无论多长时间，两条平行线是永远不会有交集的。

等一个人是一件很辛苦的事情。如果只是辛苦，那也算了。可惜的是，变数太大，前路太险恶，也许明天就是阳光灿烂，可今夜的狂风暴雨，有多少人挨得住？更何况，等来的，一定会像想象的那样好么？拖延，是这个世界上最厉害的拒绝。不告诉你爱你，也不说不爱你，自以为不伤害你，其实是最可怕的伤害。他对你好，好像对你心动，可是当你再靠近，他又举起安全距离的大旗。这样的人，还是远离吧。

看了Z小姐的故事，我们再一起看看与之相反的L姑娘的故事。

L姑娘的故事

L姑娘是我的同事，可能是由于我出过几本情感类书的缘故，她和

Z小姐一样喜欢找我谈心。

L姑娘初入职场培训时，认识了另一家公司前来培训的男孩Tom，故事有些戏剧性，由于初入职场，L姑娘的高跟鞋还没有穿稳，在上楼梯的时候，一不小心险些摔个四脚朝天，还好被后面的男孩Tom及时扶住，避免了尴尬场景的出现。

像韩剧里的情节吧，我猜在L姑娘的心里，肯定给自己配了浪漫的音效和片片散落的玫瑰花瓣。一切都定格在那一瞬间，总之，L姑娘当时就觉得这个面貌清秀的男孩子真好。

令人有些尴尬的是，Tom当时是有女朋友的，只是俩人是异地恋然后又处在吵架的冷淡期，而L姑娘对Tom可谓一见倾心，所以这些问题在L姑娘那里全都被睁一只眼闭一只眼地放过了。

Tom女朋友似乎发现了L姑娘的存在，Tom只是用了同事这个词来解释，而对L姑娘的追求也采取了不拒绝的态度，甚至用前任这个词语来形容自己的女朋友。

就这样他们形成了奇怪的三角关系，终于有天Tom的女朋友忍无可忍，来Tom的城市大闹一番砸了Tom的车，然后头也不回地走了。没多久，Tom就顺理成章地和L姑娘走在了一起。

从理性上来看，Tom这个人品质是有问题的，一个游刃在两个姑娘之间的男孩儿，但是由于同事喜欢，咱们就暂且先忽略这一点。

在一起后没多久，L姑娘就和Tom同居在一起，两人出双入对，倒也算琴瑟和鸣。但是，没多久，L姑娘就发现了问题，Tom从来不在自己的社交软件账号上发自己的照片，甚至从来没提过L姑娘只言片语。

姑娘不乐意了，开始闹。Tom一开始还用“我爱你你知道就可以了，干吗让全世界都知道”这样的理由来敷衍，无论L姑娘怎么要求怎么闹，Tom就是不发照片不提L姑娘，任L姑娘一个人气死。L姑娘也是一点辙都没有，闹到最后，索性也放弃了，因为她知道再闹也无果，但是令她不解的一点是，为何Tom晒过前任的照片，却不愿晒自己的照片？难道他不爱自己？诸如此类的疑惑在L姑娘心里萌发。

关于秀恩爱晒幸福这件事情，我其实并不是特别排斥，当然不要每天朋友圈刷屏我就可以接受。现在谈个恋爱，骑驴找马的太多，QQ密码不告诉你，银行卡密码不告诉你，从来不会在社交软件账号上发一条关于你的消息，也不会发一张你的照片，表面上是喜欢低调，但实际上是为了避免阴沟里翻船，怕自己的暧昧对象看见。所以我想说的是，天天秀恩爱晒幸福的有问题，但从来不晒的就更有问题，其实在秀恩爱这件事情上，男女都一样，恋爱中的男女身上都闪闪发亮，带着甜蜜的气息，字里行间都可以透露出来，想掩饰都掩饰不了。那种占有欲和不安全感，需要靠及时地晒幸福来满足和消除，就像张小娴说的那样，当你鬓已成霜，我才相信你真正的属于我。

关于不秀恩爱这件事情，L姑娘最后选择的是大女人的隐忍，然后一个人在朋友圈里晒，而Tom哥如局外人一般，皆不回应。我问为什么不分开，她说她爱他，爱他就应该包容他，我恨不得拿起小锤敲开这个姑娘的脑子看看是什么东西做的，能傻成这样。

在一起的第3年，Tom仍然没有带L姑娘见过父母，L姑娘仍旧不愿意分开，偶而生气了也会跟我说，这次一定要跟他分手，但辗转几天又被哄得一点脾气都没有！L姑娘已经27岁，我不知道这样的状态他们还会持续多久。

在相处的这3年中，L姑娘的确是被Tom吸引了，哪怕到3年后的今天，仍旧没有改变。她沉溺在Tom的温柔乡，却不知道温柔乡也是英雄冢，醉倒多年却仍然不肯面对现实。我想在这3年的相处中，L姑娘并不是没有看清楚其中的端倪，但她仍旧选择了不放手，现在我也不便多说什么，只是真心希望她能早日擦亮双眼，从泥沼中拔腿而出。

生活中女孩子到了25岁这个年纪，能够保持平常心的很少，她们开始为婚嫁发愁，成为了恨嫁一族。但是对于很多男性朋友来说，则能很轻易地将恋爱和结婚分辨开来，他们可以很快地跟你恋爱，但是不愿跟你结婚，还会警告你恋爱就是恋爱，不要把婚姻扯进来，搞得一众女同胞苦不堪言。我们曾经说“不以结婚为目的的恋爱都是耍流氓”，如果按这个真理来算，生活中很多人对我们来说只不过是匆匆的过客。

我们可以花一个月的时间去学插花，可以花两个月的时间去练瑜伽，可以花三个月的时间去考驾照，可以花更多的时间来充实自己，让自己变得更好更加优秀。但是我们不愿意花时间在不靠谱的感情上，不靠谱的感情能带给我们的只是无谓的损耗和无止境的负面情绪。生意场上，亏损的钱是可以赚回来的，而在我们成长的过程中，亏损的年华与青春是无价的，所以女孩子不要觉得过了25岁就要一味地放低姿态取悦别人，发现不靠谱照甩不误，要知道错过雨才会遇见花。

这是我给女孩子们的忠告，也是给我自己的忠告，无论任何时候，都不要放弃坚强和独立，始终抱着“独立而坚定”的态度，愿每个姑娘都有“擦亮的眼睛和坚强的内心”。

第四辑

人——后会无期，致那些离我而去者

庭有枇杷树，今已亭亭如盖矣

在这个世界上，有各种各样动人的情话，它们可能会赢得你身心的愉悦，会让你精神抖擞，可是，你要懂得，在这个世界上，只有陪伴才是最长情的告白。

始于心动，终于白首，这是最美的爱情故事，也是我爷爷奶奶的故事。

2007年奶奶去世，2013年爷爷去世。

夜雨伴着电闪雷鸣，打在窗户上噼里啪啦一阵乱响，想起小时候雷雨天总是躺在奶奶怀里，而今暴雨夜睡不着，我想讲讲爷爷奶奶的故事。

奶奶是个美人，我见过奶奶年轻时候的照片，穿着洋气的裙装，带着白色的手套，头发微卷，嘴角微笑上扬，举手投足间全是摩登女子范儿。照片的背面有几个字，有些模糊不清，但是仔细看还是可以分辨，“1946年摄于东北”。

奶奶家境很好，奶奶的父亲是当年叱咤风云的“二掌柜”，经营药材生意，用现在的话来说，那个时候的奶奶是有名的富家小姐。

现在我也可以想象出当年奶奶是怎样的风华绝代，据父亲讲，奶奶绣楼的门槛常常被提亲的人踏破。这一点我深信不疑，因为即使到了奶奶暮年，我依然可以看见奶奶每天梳着整齐的短发，衣服干净，我从来没见过上面有一丝的褶皱，我可以想象出她年轻的时候有多美。

奶奶的父亲是一位传统的封建家长，而作为一个大富商，自然希望女儿能够留在身边，嫁一个门当户对的男人，顺便能够巩固自己的家族生意。1945年，奶奶恋爱了，年纪刚刚满16岁。当然这个男人并不是爷爷，而是国民党的某军官。

关于两人的相识，颇具戏剧性。据说1945年的某一天，天气晴朗，军官来奶奶父亲的药店买药，奶奶坐在帘子后面，瞥见了英气逼人的男子，奶奶掀起珠帘的一瞬间两人相视一笑，一见钟情。

随后的故事也颇具戏剧性。奶奶父亲得知了此事，勃然大怒，军官带着奶奶一路私奔来到了山东，而此后由于战乱等原因，奶奶再也没有回到过东北的老家。

第二年两人生了一个女儿，这个女儿便是我的大姑妈。那个时候国共两党打得火热，由于爱人是国民党军官的缘故，奶奶夜夜担心得难以入眠。1949年，新中国成立，国民党撤退台湾，而这众多撤退的军官中，有一个人便是奶奶的爱人。

我不知道接下去的很多年，奶奶这个曾经的富家小姐一个人带着女儿，在一个人生地不熟的地方是如何度过人生那段最艰难的时光的，而令人惊讶的是，奶奶居然没有试图去联系远在东北的富商父亲。

后来，奶奶遇见了爷爷，一个贫下中农的小伙子，淳朴热情，最关键的是小伙子有一颗真诚善良的心，他见奶奶一个人带着孩子可怜，便时常去帮忙做些农活。奶奶读得懂小伙子的心意，可是自己的爱人远在台湾，奶奶甚至还在痴痴地等待着男人的归来，这一等便是8年，而小伙子也在奶奶的身边默默地陪伴了8年。

8年的陪伴，足以让爱情产生，也足以让奶奶重新去审视身边的这个男人。若没有爷爷的出现，我不知道奶奶一个人如何生活下去。

1959年的一个夜晚，奶奶听到邻居说他远在台湾的男人再也不会回来的消息，一个人躲在房间里号啕大哭，我想那种痛哭是发自内心最深处的疼痛，或者可以理解为对自己上一份爱情的悼念。

我猜奶奶那个时候定是无助的，直到后来我看电影《云水谣》，我才开始理解奶奶的情感，像极了《云水谣》中的王碧云，再也寻不到陈秋水时的那种痛苦，那个时候的大姑妈刚刚10岁。

奶奶在痛哭之后的的第二天，终于下定决心跟守护了自己8年的爷爷在一起，两人随即举行婚礼，我时常感叹爷爷的坚持，爷爷用8年的陪伴，换来了48年的相濡以沫，8年，让两人都已不再年轻。

后来伯伯、小姑妈、爸爸相继出生，日子过得平稳幸福，再后来大姑妈出嫁，没几年竟因为夫家的家庭纠纷自杀了，死前还给年幼的儿子喂奶，被发现时，孩子躺在母亲的尸体旁，哇哇大哭。

奶奶中年丧女，变得极其沉默寡言，大姑妈的死让她彻底地断绝了与远在台湾的那个人的关系，再也没有一件东西没有一个人可以证明两个人曾经相爱过，伴随着大姑妈的死一切烟消云散。

再后来孩子们都长大成家，孩子的孩子们相继出生，我开始真正地来见证爷爷奶奶的故事。或许是大姑妈的死留下了阴影，家里出生的每个孩子，奶奶都坚持带一段时间。而我从小由于父母工作的原因，整个童年都跟着爷爷奶奶生活在一起。爷爷奶奶时常拌嘴吵架，但没几分钟爷爷便会服软道："好啦，老婆子，别生气了。"然后没多久我便能看到奶奶嘴角重新上扬的微笑。

2006年，奶奶患了癌症，这个时候的我已经开始在外地读大学，当我得知奶奶生病的消息后，第一时间赶回山东的老家。在满是消毒水的医院里，我见到了枯瘦如柴的奶奶。第一次感觉她身子居然那么瘦小，蜷缩在病床上，身上挂着点滴，见我来了，强撑着要起来，我握着她的手，看着她拼命微笑的眼睛，"奶奶"两个字还没叫出来，鼻子一酸，掉下眼泪来。

我跑出病房，在卫生间号啕大哭，我把抽水马桶开到最大声音，试图用水声来掩盖住我哭泣的声音，这一年我刚刚大一。整整一年，奶奶都在与病魔做着斗争，我可以看到她脸上强撑的微笑下隐藏着的深深疲惫感。爷爷日日陪伴在身边，照顾生病的奶奶，讲故事回忆从前，不离不弃。

2007年奶奶去世，爷爷哭得像个孩子，边哭边呢喃："没有她，我该怎么办……"这是他们在一起的第48年，也是最后一年。

奶奶死后，爷爷把奶奶生前的照片冲洗了很多，每张照片的背后，都用苍劲有力的钢笔字写上拍照的日期地点，还有那些只有他们才懂得的故事。

2013年，爷爷患上肺癌，临终前手里还拿着他们的合照，那个时候的奶奶笑得很好看，梳着两根大辫子，爷爷穿着一件淡蓝色的工装，照片背后写着“结婚照”三个大字，时间标记是1959年7月13日，这一天是他们爱情的纪念日。

在这个世界上，有各种各样动人的情话，它们会赢得你身心的愉悦，会让你精神抖擞，可是，你要懂得，在这个世界上，只有陪伴才是最长情的告白。

始于心动，终于白首，这是最美的爱情故事，也是我爷爷奶奶的故事。

唯以时间了解爱

在这个世界上，永远会有一个人等待着你，她爱你，她永远守护着你，哪怕用她的生命交换你也心甘情愿。

所以，好好活下去，为了那个爱你的人，终若一天，她寻不到你，她也会为你掌一盏归家的明灯，为寻你踏遍万水千山而在所不惜。

江南的六七月份，雨水总是格外的丰盛，小道上全是青苔，淅淅沥沥的小雨，足足下了半个月，似乎是要将整个世界浸润。

而此时的我刚刚来到江南，一落地前脚一打滑，咣当一声摔在地上，屁股重重着地，我感觉剧烈的疼痛，一低头，发现自己的碎花裙子上，全是溅起的泥水，对于处女座的我来说，这简直堪比天灾人祸。

朋友东哥仍旧开着他破旧的二手奥拓，远远地向我招手，我收起脸上的不满，拖着沉重的行李箱，拿起摔在地上的伞，东哥的奥拓在我身边熄火，跳下车来，手里拿着一个相机，咔嚓一声，我的窘态瞬间被记录下来，我大喊一声，你这碧池！

东哥是我大学的哥们儿，每逢介绍他时，我总会用“我们的关系是超过了亲情、友情、爱情的第四种关系”，至于第四种到底是什么关系，我自己也不清楚。只是知道东哥帮我追喜欢的男生，我帮东哥介绍漂亮的妹子，他失恋了会找我喝酒，而我失恋了会抱着他痛哭。多年之后我顿悟，这就是21世纪标榜的“双赢”政策啊，想到这儿我欣然一笑。

大学毕业后，我留在了北京，而东哥回了江南的老家，关系虽然不再像当年那么密切，但仍旧是相互损闹的的“狐朋狗友”。

“林佳同学，您这水墨碎花裙子是特意订做的吧，一看就是大城市来的，我们小地方都没有这款式。”东哥嘿嘿一笑，招牌式的欠揍表情，这逗比果然没变，我也不搭理他，继续用手指搓裙子上溅起的泥巴，东哥伸出手递给我一张湿巾。

“说吧，是不是又失恋了。”东哥点上一支烟，意味深长地说了这样一句。

我震惊，惊叹于他精准的第六感。“你怎么知道的？”我问道。

“就你？哪次失恋不找我？”哼，本姑娘也没有失恋几次好吧，算你狠，居然猜对了。

东哥说得没错，我确实是失恋了，故事剧情有些狗血，只是到现在我仍旧惊叹于这个世界上居然有如此巧合之事，我为了公司的派对奔走于各大商场，正考虑要不要为了成为派对女王而下血本买礼服时，我看见我的男人牵着同事晓丹的手，在试穿礼服。男人很细心，轻轻地为女人整理好衣服上的褶皱，女人性感妖娆，我竟在那一瞬间觉得俩人有些般配，这故事情节堪比恶俗电视剧，我顺手拿起身边的一双高跟鞋，一下猛砸过去，妈的，狗男女！

事情的经过就是这样，我为此付出了惨痛的代价，我不知我顺手扔掉的那双高跟鞋价格比我一月的工资还要高出几倍，我不知道我为此会丢掉自己的工作，更让人惋惜的是，我错过了成为派对女王的机会。显然，我失恋了，并且失业了。

我瞬间想到了东哥，拖起行李飞到了江南，事情的经过就是这样的。

KTV里，东哥扯着嗓门喊：“死了都要爱，不淋漓尽致不痛快，宇宙毁灭心还在——”我听着这歌词，忽然想起一些过去的回忆，妈蛋，回忆真让人心疼。

这时，东哥手机的铃声想起，一下切断了我的回忆。“你是我的小呀小苹果……”这醉人的旋律连《死了都要爱》都无法阻挡，我暂停了阿信的歌声，东哥开始接电话。

“喂？拆迁队？好的，我知道了，我明天一早就过去。”东哥的脸色有些不好，“林佳，我明天得去乡下阿婆家一趟，不能陪你了，要办点事情。”

“乡下阿婆？”我的脑子忽然一转，以前的时候东哥就给我说过阿婆的故事，我记得阿婆是个疯子。

“恩，拆迁队要拆迁，阿婆的老房子被给了很多的赔偿金，可是阿婆死活不搬，阿婆无儿无女，拆迁队这才打给我，要我去劝劝她。”我依稀记得阿婆是东哥乡下的老邻居，无儿无女，一个人挺可怜的。

“东哥，反正我也没什么事情，明天我陪你去吧。”他看着我，点点头。

第二日，大雨还是未停，且有越下越大的趋势。我坐在东哥的二手奥拓里，看着玻璃上的水滴，雨水顺着车窗滑下来，我的手指触摸着玻璃，感觉有些冰凉。

“东哥，阿婆是怎么疯的？”车里很静，东哥一路不说话，这与平日里嘻嘻哈哈的的他可是判若两人，他目视着前方，雨越下越大，车子越行越远，似乎是要进入到雨水的世界里。半晌，东哥终于开口。

“阿婆是我的老邻居，阿婆其实并不老，现在也不过50岁左右的年纪。她疯了十几年了，小时候对我很好，我跟英子从小一起长大，哪怕是后来疯了之后，她也会常常买些糖果给我，这么多年，她忘记了很多人，可是从来没有忘记我。”

我从东哥的言语中知道了些阿婆的一些故事，阿婆是个孤儿，年轻的时候很漂亮，很多男人垂涎于她的美色，半夜会去敲她家的房门，阿婆很害怕，日日在床边放一把剪刀。后来阿婆结婚了，男人长像不是很好，但是对阿婆挺好，再后来阿婆有了个漂亮的女儿，名字叫英子。

对于阿婆来说，英子是她全部的世界，阿婆把全部的爱给了女儿，女儿皮肤很白净，大大的眼睛，样子像极了阿婆，小小的年纪便看出是个十足的美人胚子。英子十几岁的时候，阿婆带着她去杭州旅游，半道上出了事故，阿婆和英子乘坐的汽车与一辆货车相撞，在巨大的刹车声与碰撞声中，汽车冲进了路边的湖中。

英子死了，阿婆被救了过来，失去英子的阿婆日日哭泣，再后来她不哭了，只是静静地站在窗户边，像是在守望着什么，男人终究无法忍受阿婆，给阿婆留了一笔钱离开了，很多人说看到他跟一个女人私奔了。

十几年过去了，阿婆的房子被划为拆迁户，可相关部门怎么都无法让她离开，无论给她多少钱，无论谁都无法让她离开那扇窗子半步。

东哥的故事说到这儿，我觉得自己的眼睛有些湿润，别过头去，看着窗外的大雨，我偷偷地擦掉了眼角的一滴泪水。

午饭时间，终于到达阿婆家，雨有些小了，但还是淅淅沥沥地下着，水滴打在青瓦上，发出清脆的响声。阿婆家的房子有些破旧，房门上写着一个硕大的“拆”字，红色油漆显得格外醒目，旁边附着一张通知，我赫然看见上面写着“三日后动工拆迁”的字样，东哥一言不发直奔房内。

大门大开，房间很乱，有着严重发霉的味道，房屋有些漏雨，雨水滴滴答答，打湿了乌黑的墙。阿婆果然站在二楼的窗户边，呆呆地望着远方。东哥轻轻地喊了一声“阿婆”，阿婆转过头，我看到了她那张满是皱纹的脸，满头的银发让她显得格外的沧桑与衰老。

她只是看了一眼，然后继续望着远方，嘴角吐出两个字“东子”，然后继续一言不发。

“阿婆，我是东子，我们得搬家了。”东子说着便顺势去牵阿婆的手，一听到“搬家”两个字，阿婆像是突然着魔了一般大声哭泣起来，一只手拼命地拍打东子，另一手狠狠地抓着门框。我抬起头看见东子的脸上瞬间多了两条血痕，我吓到失色。

三日后，拆迁队果然开着挖掘机来动工，阿婆仍旧站在窗户边，神色如往常一般，轰隆隆的挖掘机向阿婆的房子前进，东子站在房门前愤怒地交涉，忽然发动机启动，房子的一片青砖掉下来，伴随着巨大的声响我看见阿婆像一只轻盈的蝴蝶般飞出窗外。

阿婆死了。

东哥对于阿婆的死一直心怀愧疚，我也深感不安。其实我一直不明白，为什么阿婆不愿意离开这所老房子，究竟她在留恋着什么。

我帮着东哥操办了阿婆的葬礼，脑海里一直回荡着阿婆纵身一跃的情景。阿婆无儿无女，阿婆喜欢孩子，东哥便帮阿婆把那笔昂贵的拆迁费捐给了福利院。

一周后，东哥送我离开，在机场我紧紧地拥抱着东哥，我知道他对阿婆的死仍旧耿耿于怀。忽然间，他有些激动地对我喊：“林佳，我知道了，我知道为什么阿婆不愿意离开老房子了！她站在窗户边一直在等待归家的女儿，她怕英子找不着家。我错了，从一开始就错了……”东哥眼神无助空洞，号啕大哭。

飞机引擎声响起，我坐在机舱里看着窗外，天气终于放晴了，这个世界终于不再那么多雨水，不远处似乎有一道彩虹，这是我第一次如此接近彩虹。我想起东哥的话，鼻子一酸。阿婆不疯，她在等待女儿的归家，我在三万英尺的高空，似乎看到了阿婆和女儿团聚的微笑，或许，两人再也不用分开了。

在这个世界上，永远会有一个人等待着你，她爱你，她永远守护着你，哪怕用她的生命交换你也心甘情愿。

所以，好好活下去，为了那个爱你的人，终若一天，她寻不到你，她也会为你掌一盏归家的明灯，为寻你踏遍万水千山而在所不惜。

他不是暖男，不过是中央空调

找男朋友千万不能找中央空调，他暖了全宇宙，暖了全人类，暖了所有适龄的姑娘，顺带着暖了你，然后你就因为这点温暖，感动得痛哭流涕。一旦发现这样的男人，让他有多远滚多远。

周末一大早，我家铁门被敲得一阵霹雳啪啦。

我睡眼惺忪，开门一看是姑娘小朵，我边打哈欠边听到了一个让人蛋疼的故事。

一开门便是小朵喋喋不休的抱怨。

“一一姐，你说他究竟是怎么想的？他愿意陪我翘课去听演唱会，我生日的时候愿意亲手给我DIY手工相册，早上愿意叫我起床，下了晚自习后愿意陪我去河边看星星，哪怕被蚊子咬也心甘情愿，还一个人自顾自地开通了QQ情侣空间，你说这不是情侣之间才会做的事情吗？”小朵情绪有些激动。

在小朵姑娘一连串的机关枪发射后，我迷糊的脑袋瞬间被炸醒："应该是吧。"

"可是，今天我发现，他手机的通讯录里有其他姑娘的备注，宝宝1和宝宝2，而我的备注是宝宝3，我还没看完通讯录就被他发现了，我不知道是不是还有宝宝4、宝宝5！"姑娘近乎带着哭腔，声音低沉。这个傻姑娘——朵儿是我姨妈家的表妹，今年读大二，一个月前在微信上兴致勃勃地跟我说："姐，我恋爱了。"本以为皆大欢喜的事儿，一个月之后却演变成一出悲剧。

"额……朵儿，你是不是傻，在这之前都没有看过他的手机吗？"我觉得有些不可思议。

"我哪里知道宝宝3是备胎的意思，我以为3是萌表情-3-的意思，这不是亲亲吗？我怎么会是备胎啊——"朵儿整个人崩溃大哭起来。

我瞬间明白过来，小朵是遇见了男人中的绿茶屌，我更愿意通俗点地称其为中央空调。有中央空调自然也就有暖手宝，唯一的区别是暖手宝暖的只有一个，而中央空调暖了一窝！

在你们的生活中是否遇到过这样的一种男子？

——他笑容温暖，微微一笑可以很容易地击中你的心房

他眉清目秀，手指修长，眉眼之间你觉得全是呵护

他喜欢穿白衬衣，讲话的时候慢条斯理

他永远记得你的生日，每天都会刚刚好地嘘寒问暖

甚至你的生理期他都能倒背如流

他的微笑，他的温暖，他的体贴

他让你着迷，你觉得他就是你要找的那个Mr.Right

于是，你不顾女孩子的矜持，跟他表白了。但是他的态度却让你抓耳挠腮，他开始对你变得若即若离，这样的态度让你呼天喊地。在一段时间的若即若离之后，人家还是选择了大胸长腿的妹子，剩下你一个人欲哭无泪。

啊，多么痛的领悟。

不知道大家还记不记得张爱玲和胡兰成的故事，这绝对是一代才女和中央大空调的故事。有才华的女人总是受到男人的热烈欢迎，要是漂亮女人就完美了。

30年代红遍大上海的文艺女青年，叱咤风云，穿时尚的衣服，写露骨的言情小说，住漂亮的公寓，张爱玲是个很会享受生活的人。同样这也是我这么久以来想要为自己努力营造的生活，所以我对张爱玲有着莫名的好感。不得不承认，我是个世俗的女人，有时候也会向往灯红酒绿的小资生活，我不是你喜欢的小清新女孩，很抱歉。

女人这一辈子遇上中央空调的概率是极大的，比如，张爱玲遇见了胡兰成。某天闲得无聊，便拿出胡先生的《今生今世》读了，抛开一切来说，我觉得胡的文笔很不错，尤其全书第一部分的描写，我觉得精彩极了。或者文风这种东西，本来就是相互影响的，更何况是这样相互倾慕的两个人呢。

我很不理解为什么张爱玲会傻到让自己陷入到一场政治浩劫当

中去。女人在恋爱中的白痴状态让人无法理解，就像我现在去回想自己曾经自认为很爱的人，也会很不理解。年少的时候，谁没犯过傻呢？张女士在这一点上尤为严重，倒贴稿费养汉子也是乐此不疲。看完《今生今世》之后，我特别想笑，我觉得这本书应该叫作《我和我的情妇们》，华丽丽赤裸裸的世俗，用了一个文艺到极致的书名，下流瞬间变得高雅起来。最令我不能接受的便是胡兰成先生对女人的爱好之广泛，可谓“上到八十八，下到八岁”，不乏农村妇女、歌女、妓女，还有像张爱玲、苏青这样的文艺女青年，在《小团圆》里，不难透露出来苏青和胡兰成上过床这样的事实，还“相互询问有没有性病”，其开放程度完全不亚于当今。我总是试图给胡先生的滥情一个合理的解释，最终想破脑袋也只能是因为曾经的家境贫寒，受人欺凌，而后风生水起便失去方向，直到有天，中央空调这个词语的出现，让我瞬间觉得一切都变得合情合理。

无耻的男人从来都不觉得自己无耻，甚至有些高高在上，三妻四妾的旧思想让男人变得无可救药。当今也是如此，我总是亲眼目睹身边的一些男士，徘徊在两个女人之间，或者劈腿、婚外恋，然后摆出一副理所当然的表情来。不难看出，张爱玲其实也不过就只是胡先生人生路上的一个驿站而已，只是规模豪华一点。

生活中这样的奇葩男不在少数，以上种种都是中央空调的表现，为了避免更多的妹子幼小的心灵受到创伤，这里我们一起来鉴别下中央空调。

1.社交工具里至少有5个常联系的女孩子。

你是否遇见过这样的男朋友，他几乎从来不给你看他的手机，每次你试图偷瞄一眼他的手机，他总会抢过来说有什么可看的。他也不会告诉你他QQ号的密码，更不会带你去见他的朋友，因为他要广撒网，这样才会捕到大鱼，跟众多的姑娘打情骂俏、言语暧昧，但是跟她们的关系又都若即若离，这是中央空调们惯用的伎俩。

或许他给你看他的手机，但是你们在一起的时候，你永远不会发现他的任何其他女性朋友，若你有心，一定会发现一些蛛丝马迹，因为他跟你说的这些话也可能跟其他人说过。你只是众多姑娘中的一个，并没有任何的不同。

2.他就是传说中的妇女之友。

他们拥有极高的智商，可以穿梭在几个姑娘之间片叶不沾身，他们拥有极高的情商，深谙和姑娘的相处之道。你不开心的时候他会给你讲笑话，你哭了他能及时地递纸巾，在你最需要陪伴的时候，可能及时出现的那个人就是他。就是这样，他轻易地俘获了你的心。

你以为你找到了懂你的那个人，他确实懂你，但也同时懂其他人。

他就像一只开屏的孔雀，全世界都在欣赏他的美丽。

3.永远不跟你确定恋人的关系，确定了也是招蜂引蝶。

当你觉得一切水到渠成满心欢喜等待做他女朋友的时候，你得到的答案有可能是“我只是拿你当好朋友”，或者是“我还没准备好谈恋爱”，一盆冷水泼得恰到好处，而当你准备断然抽身的时候，他又开始若即若离地撩拨你，让你欲离开又不舍，然后坠入日日痛苦的深渊。

或许也有这样的版本。你表白之后的某天，他终于答应跟你在一起，然后你欢喜雀跃，心里想着“怎么样，还不是拜倒在老娘的石榴裙下了”，你以为王子和公主的幸福生活终于来了，但你却发现童话里都是骗人的。他不给你看手机，不带你融入他的朋友圈，你发挥福尔摩斯的侦探之心，终于发现一处处蛛丝马迹，他跟你在一起，仍旧恒温对每一位姑娘。

所以，找男朋友千万不能找中央空调，他暖了全宇宙，暖了全人类，暖了所有适龄的姑娘，顺带着暖了你，然后你就因为这点温暖，感动得痛哭流涕。一旦发现这样的男人，让他有多远滚多远。

表妹小朵在我的谆谆教导之下，终于跟空调分了手，短暂的痛苦之后终于重获新生。真正爱你的男人，或许没有那么浪漫，或许不能想出各种招数逗你开心，或许因为工作或其他原因在你伤心难过时不能准确地出现在你的生命里，但是他却专属于你。

一个失恋姑娘的呢喃

我不性感我感性，或许每一个以写文而生存的人都是敏感而脆弱的，天蝎座的我更加如此。你说我自私，我现在觉得你说得很对，我自私到连争吵的气氛都不愿意独自品尝，因为我对自己太好，我知道自己无法承受那些疼痛。但是我还有些理性，我明白缘分强求不来，缘分应有天注定，我对自己说不怨天不怨命。

2014年冬天，我偶然间发现电脑垃圾箱里，有很多视频跟照片，右击返回键，视频中的男孩儿是我爱了近三年的人。

一个男孩儿，一个姑娘，类似酒店淡蓝色的灯光，蛋糕花束，贴心的“生日快乐，永远幸福”。

我听到我的世界砰的一声碎了一地。

这是我们在一起的第三年，我怎么也想不通，为何前几天还在为我找房子搬家发愁的男孩，忽然间会变成这样。我对着鱼缸里养的几条小金鱼发呆，忽然想起曾经给小鱼起的名字“曹贵人”“何淑妃”，你说，我们的家便是你的后宫，我是这后宫当中最受宠的女子。而今，最受宠的女子，已然失宠。

我擦干眼泪，告诉自己，这不是我人生中最艰难的时刻。

我试图平静，但是失去你后我整个人惶惶不安，二十几岁的年纪我一无所有，爱情来的时候我全然投入，忽视身边的同事朋友，当爱情离去，我发现自己竟是这个世界上唯一的孤家寡人。

整整几天我都处于一种近乎冬眠的状态，有时候看着喜剧我也会莫名其妙地留下眼泪，看着你用过的杯子、用过的牙刷，每一个跟你有关的物品，都成为我泪点的来源，你击碎了我所有的梦，但是我好像并没有那么恨你，我甚至有些恍惚的错觉——女主角要是我该多好。

有时我会忽然间变得愤怒不堪，当初如若不是为了爱情来到这座城市，我又怎会要自己承担这些痛苦，我细数着你的十大罪状，恨得牙齿痒痒，可是，如若没有你，生命是不是就如一滩死水般，漂不起丝毫的涟漪。想到这些，心又会忽然变得柔软起来。

你发消息给我：“我之前欣赏你的骄傲、勇敢和独立，可是这几年，这些一点点的没有了，你吸引我的闪光点全部消失。”这一行字，让我怅然若失。

我尝试收拾起自己的心情，QQ嘀嘀地响个不停，我歪头一看，跳出来一个对话框，是上司的催稿信息，我心里忽然一阵无名火，顺势盖上笔记本，世界终于清静。我慢慢梳理自己的心情，我想找些事情做，可看着这个新搬来的房间，我无所适从，那么多那么多的东西都是我们一起买来的，甚至桌子上的苹果、梨子，还是你前几天买的。

接连几天，脑海里全是我们曾经的美好回忆。

很多个午夜，我们一起在楼下的小摊边上吃烧烤，点一瓶冰镇啤酒，上海的夏天总是热得让人有些难以忍受，夜风中也总是夹杂着些恼人的余热。我轻抿一口："cheers!"两人相视一笑，眼里满是最简单的幸福。我们最常聊的话题便是未来，我们各种计划各种畅想，我们常常说要好好努力，要好好生活。

6月份的时候，你回山东的前一天发起高烧，那正是上海禽流感的高危时期。看着浑身发热的你，我焦虑不已，你吃了药，还好没有错过第二天的航班。一个月之后的深夜，你打电话给我，说下楼有惊喜。中原路上的烧烤摊依旧热闹非凡，你拖着一个大行李箱，满脸的温柔，向我张开大大的怀抱，暖色的路灯照在你的脸上，那一刻我觉得岁月是如此的静好。

而如今这一切早已物是人非。

只是，令我猝不及防的是，你现在离开我的原因竟是我不够优秀，所以你要选择去爱别人。

我是一个极其没有安全感的人，很多时候我常常处于担惊受怕的状态，我怕这个世界抛弃我，我怕我不够优秀，我惧怕的太多，所以我张牙舞爪自我保护，现在想来，对这段感情的不完美我要付很大的责任，没有一个人愿意整日面对一个对生活充满恐惧的人。我渴望爱情，可是我又惧怕爱情。从我有记忆开始，父母不停地用他们的人生向我证明，婚姻是一件多么不幸福的事情。很小的时候，我就想着要是有一天爸爸妈妈离婚了就好了，这样我就不用担惊受怕。所以，你知道我是多么惧怕冷战的味道，在冷战的空气中我觉得自己整个人都被吞噬掉了。

争吵的时候，你说你觉得跟我在一起不快乐，你想要更多的自由。可是我才24岁，我不知道怎样做才会让你觉得自由，觉得快乐，觉得生活充满了趣味。我猝不及防，争吵像是口腔溃疡，越舔越疼，越疼又越舔。我就是这样一个不知道该如何处理问题的人，一件小事往往会被我弄得很严重，但是我的心里又住着这样的一个小人，她告诉我，爱一个人就要一辈子。我以为爱就应该是相互扶持，爱一个人就应该相扶到老，所以每次我都想固执地挽回，但是遗憾的是我不会温柔地说我错了，这又导致了我的种种行为在你眼里成为死缠烂打。但是，这一次，我知道我们回不去了。

其实，当我遇见你的那一刻，我真的是充满挚诚拼尽全力地去爱，你为我打开很多的窗，教会我很多，你常说，生活无坎坷，你叫我乐观，叫我知道车到山前必有路，只是我并没有认真地去学习。

对于我们，我有过无数的幻想，我想陪你一起走到天涯海角，我想你硕士毕业的时候身边站着拍照的人是我，我想你博士毕业时我依然可以温暖而安静地陪你微笑庆祝，我想陪你一起经历生活所有开心与不开心的片刻，我甚至想过，我们结婚30周年的时候该以怎样的方式来庆祝。只是，这一切都只是我以为。

离开你仿佛离开了整个星系。

我不性感我感性，或许每一个以写文而生存的人都是敏感而脆弱的，天蝎座的我更加如此。你说我自私，我现在觉得你说得很对，我自私到连争吵的气氛都不愿意独自品尝，因为我对自己太好，我知道自己无法承受那些疼痛。但是我还有些理性，我明白缘分强求不来，缘分应有天注定，我对自己说不怨天不怨命。

我明白，我爱你，可是我更爱我自己，无论前途如何凶险，我都要一个人摆好战斗的姿态，与这个万变的世界相抗衡。

因为我知道，明天阳光灿烂依旧，我仍旧会是那个坚强而独立的人。

姑娘，你要怎样的生活

知道自己得到了什么，理解自己正在丢失什么，谁也不比谁高尚，但凡稍有些姿色的女人，都是个矛盾的统一体，想要发亮却又害怕被烫伤。在每个女人的身上都可以看见喜宝的影子，现实的、聪明的、心软的、充满道义的、无法脱离物质的、非常渴望爱的。爱情是件奢侈品，这个道理每个女人都明白，却还是要去追寻。

希望每个姑娘都能看清本心，收获幸福。

据说，倪震当年的女朋友是李嘉欣的时候，他的姑姑亦舒曾经说过，李嘉欣像极了喜宝，明确地知道自己要什么。后来，那个酷似喜宝的姑娘果然不负众望地嫁入豪门，后来倪震又有了新姑娘。

我是喜欢“喜宝”这两个字的，大俗即大雅，读来很有一种说不出的亲切感，我甚至笑着跟朋友说，以后生女儿便可叫作“喜宝”。毫无疑问，喜宝是一个有胸又有脑的姑娘，如果只是擅长灯红酒绿的爱慕虚荣的姑娘，又怎么俘虏小说里面每个男人的心？

亦舒笔下的女子，似乎总是有着年轻的外表成熟的心，且无时无刻不在坚信着爱情的灵魂，却始终摆脱不了物质的肉身。或许不是每个姑娘都有机会做姜喜宝，不是谁生下来就有聪明的大脑和华美的外表，如果上天恰好在那一次给了你成为喜宝的机会，不知道有多少姑娘坦然接受，甚至感激涕零。

喜宝是需要爱的，更多的情况下是需要被爱。对一个生活充满艰辛的女人来说，最基本的爱便是喜宝喜欢的大钻戒，以及不用每天挤公交，坐在办公室的打字机前终老。喜宝说："我需要很多很多的爱，如果没有我就需要很多很多的钱，如果再没有，我就需要健康。"在喜宝看来，爱、钱和健康是这个世界上最重要的。

在那一天，如果没有在飞机上遇到勖聪慧，如果没有独自在花园里和那个陌生的中年人交谈，如果没有在简单的思想斗争后丢掉所谓的勇气回到中年人的寓所，那她便不是喜宝了。

因为勖存姿这个老男人，一切变得不一样了。那一年我们还不知道什么是奥迪也不知道什么是迪奥，同时我们也不知道什么是自保的方法，我们热爱生活，追逐爱情。经年之后，生活变得真实起来，于是我们放低爱情的姿态，提高物质的质量，就像前几天看的《失恋33天》里面，李可和魏依然那样的搭档，一切只为了物质和省事儿，在黄小仙看来是有些不屑的。可是到最后的最后，我们再次抬起头看着蓝天的时候，所以的一切都变得模糊，连最初的爱情也只剩下了欲望。

我有个初中同学琳达可以算是标准的喜宝式姑娘，首先她个人的条件是不错，人长得美家庭条件也还算无忧，毕业后出国留学，目前在一家日企上班。某天在朋友圈，我看到她发的一句话：“我希望得到很多很多爱。如果没有爱，就什么都不要了。”

我晓得喜宝看到此处会露出一个宽容的嘲笑，在心里说：“她一定来自个好家庭，好家庭的孩子多数天真得离谱。”

喜宝说得一点儿错都没有，琳达来自大好家庭，衣食无忧，父母疼爱，上天眷顾。走在纽约第五大道上看风景之时，她自然不会对人间疾苦有切肤之痛，不会对底层女子的狠命拼杀感同身受。然而这天真的话还是让我看得眼眶发热。

后来我才知道，她跟即将结婚的男友分手了，原因不详，确切地来说，没有什么分歧或者争论，尽管双方家庭一起买了房装了修，但是，用琳达的话来说，总是觉得生活中少了些什么。按照我对她的了解，这是一个对爱要求极高的姑娘，而她的男朋友不够爱她，同样也无法给她带来更加有品质的生活。

很多人问过我，你觉得现在的姑娘应该要怎样的生活？

或许你是这样。

毕业之后，选择一份朝九晚五的工作，每天在电脑前不费心力，上班时间聊聊微信，看看八卦新闻，中午睡个美容觉，华灯初上画精致的妆，在亲朋好友的安排下，奔赴一场场相亲。然后在众多男士中，选一个跟自己条件差不多的，结婚生子。

可能在恋爱的初期，你会觉得他千般万般好，温柔、体贴、善良、温暖、浪漫……似乎所有暖男的品质都集于他一身，你会觉得自己是如此的幸运。后来你们结了婚，你会发现他好像跟之前不太一样，他对他的母亲好像比对你要好，当你跟他的母亲发生矛盾的时候，他永远站在母亲身后，你忽然间有了一种被孤立的感觉。后来你们生了孩子，你发现他对孩子好像也比对你好，仔细想想也觉得无所谓，孩子是自己亲生的。可是久而久之，你们之间的话题除了孩子一无所有，你忽然觉得有些悲凉，你们夫妻之间变得无趣没有共同语言，没有了激情更没有了默契。你开始把所有的重心转移到孩子身上，你关心孩子的吃穿，关心孩子的成绩，更是为孩子的成长操碎了心。渐渐地你发现，你们之间的距离越走越远，他似乎对所有人都充满了热情，唯独对你满是冷漠。

或许可以是这样。

生活中的你常常被当作是异类，因为你是一个彻头彻尾的工作狂。

别人谈恋爱的时候，你在工作；别人结婚的时候，你在工作；别人生孩子的时候，你仍旧在工作。你为自己赚得盆满钵满，却仍旧无法摆脱深夜那扑面而来的寂寞。

除了奋斗，你别无选择。你不相信男人，你想要凭借自己的努力，在这个城市闯出属于自己的一片天地来。你随时随地摆出一副拼命三娘的模样，对待工作鞠躬尽瘁死而后已，或许有天，你终于通过自己的努力获得了自己想要的社会地位和话语权，但偶尔不经意间你还是有被生活抛弃了的感觉，你不知道自己拥有了一切为什么还是觉得不开心。

或许你还可以这样。

不冲动不着急，多想想自己需要怎样的生活与人生。所以，等你到了待嫁的年纪，不要因为家里人的催促而结婚，不要因为年纪大就去完成婚姻这项任务。这样做的结果常常是，你会觉得两人之间不够相爱，而理所当然的婚姻也不会幸福。

在生活中，姑娘们一定要保持人格的独立与经济的独立，但是在独立的同时也应该多去考虑下对方的感受，除非你像上文里的姑娘一样，下定了一辈子不结婚的决心。

知道自己得到了什么，理解自己正在丢失什么，谁也不比谁高尚，但凡稍有些姿色的女人，都是个矛盾的统一体，想要发亮却又害怕被烫伤。在每个女人的身上都可以看见喜宝的影子，现实的、聪明的、心软的、充满道义的、无法脱离物质的、非常渴望爱的。爱情是件奢侈品，这个道理每个女人都明白，却还是要去追寻。

希望每个姑娘都能看清本心，收获幸福。

离开你，祝福你

“姑娘，你知道爱一个人最高的境界是什么？”春天拿起酒杯，一饮而尽。

“是什么？”没有人知道春天想说什么。

“就是哪怕最后他不跟我在一起，不爱我，我就给他生一个孩子，然后和他的孩子耗在一起，耗尽我的余生。”春天一脸平静。

如果这个世界上，真的有一见钟情这一说，我想春天对王源就是。

从认识王源的第二天，春天就开始苦追王源，并且持续了王源的整个大学时代。

这样的结果就是王源在整个大学时代，没有谈过一场正儿八经的恋爱。大学时代的春天是文学社的社长，写得一手好文章，在学校里也算是叱咤风云的人物，且这样的人物放出了狠话“王源是我的”。于是乎，所有的姑娘都对王源退避三舍，偶尔遇到几个不怕死的，在跟春天斗了几个回合之后也甘拜下风，因为春天追得实在太有毅力了，威逼利诱，一般玻璃心的小公主承受不来。

春天的死缠烂打曾经被我们视为405寝室的耻辱，一个女孩子怎么可以有如此的韧劲，可王源对春天似乎就是吃了秤砣铁了心的不感冒，任凭春天狂追猛打，他自岿然不动。

毕业那天，几个朋友一起在街边撸串，春天和王源都在。

寝室的姑娘实在看不过，提高了嗓门问王源：“王源，你到底有没有喜欢过春天？”热闹非凡的街边摊忽然变得安静起来，所有人的目光都聚集在王源身上。

“我……”王源吱吱呜呜了半天，回答不出个所以然来。

“要不就算了吧，一个人熬这么久，有什么意思，最后苦的还不是自己。”姑娘转头看了一眼春天，春天倒是出奇的淡定，脸上挂着明媚的笑容。

“姑娘，你知道爱一个人最高的境界是什么？”春天拿起酒杯，一饮而尽。

“是什么？”没有人知道春天想说什么。

“就是哪怕最后他不跟我在一起，不爱我，我就给他生一个孩子，然后和他的孩子耗在一起，耗尽我的余生。”春天一脸平静。

王源一下慌了神，碰倒了酒杯，仓皇而逃。

“你喝多了。”我拉着春天回寝室，春天号啕大哭，那是我第一次看见刀枪不入的女金刚流泪。

❷

毕业后的春天仍旧狂追王源，王源去了上海，开了一家设计公司，春天也去了上海，给王源开的那家设计公司打工。听到这个消息的时候，我惊讶得半天张不开嘴，这丫头真是够疯狂。

至于王源为什么会收留春天，我们不得而知。

春天在王源的公司当会计，当文案，当阿姨……春天练就了十八般武艺且样样精通。寒来暑往，王源的设计公司竟也有了些起色，本以为两人的关系会随着事业风生水起，事实上两人的关系仍旧是——原地踏步。

大学时期的春天战无不胜，击败了王源身边一个又一个的姑娘，本以为春天会以常胜将军的姿态出现在王源的世界里，林佳的出现，却让春天崴了泥。

上海的8月，让人汗流浃背，春天刚刚谈完一笔单子，一进公司就看见王源的办公桌上坐着一个长腿的大美女。

“是春天姐吧，我是林佳，王源常跟我说起你，外面热快进来凉快会儿。”林佳完全一副女主人的姿态，而令春天心寒的是，身边的王源竟然一脸笑盈盈，默许了林佳的态度。

春天笑了一下，径直走到自己的座位上，一边擦汗一边欣赏王源和林佳的打情骂俏。

3个月后，王源结婚，新娘不是春天。在这场与大长腿的争夺战中，春天不战而败，因为这么多年春天从未见过王源这样用心地对一个女人，用心到让春天觉得心寒。

本以为春天会去大闹婚礼，结果却出乎所有人的意料，春天从王源的设计公司离职，走的前一天把公司的账目做得一目了然，然后在王源的世界里消失得无影无踪。

王源在庆幸的同时有些莫名的失落。

林佳和王源结婚后，过的还算幸福。林佳开始接手公司的账目，但林佳似乎天生不是一块赚钱的料，把账目做得乱七八糟，没多久便失去了兴致。公司的管理重任又压到王源一个人身上，王源给林佳买了一辆白色的甲壳虫，林佳没事儿就开着小车逛街购物。

离开春天的王源常常加班到深夜，很多个时候在偌大的办公室，也会在不经意间想起春天，那时候无论多晚，春天都会陪着他。很多事情就是这样，等你真正地意识到你完全失去它的时候，才会忍不住地想念，人亦是如此。

王源加班，林佳泡吧，和小姐妹逛街，挥霍无度。她开始越来越晚回家，甚至晚过了上夜班的王源。

打电话，挂掉，再打，关机。

王源似乎意识到了问题的严重性，发疯般地寻找林佳。

甲壳虫不见了，林佳不见了，家里的钱也不见了。

不久后王源收到了林佳的一条信息：“王源，我们离婚吧。”

继续打，仍旧关机。

3

王源继续发疯般寻找，终于寻得蛛丝马迹，林佳出轨了。

大美女林佳在结婚后的第5个月爱上了别人。

王源的世界坍塌了。

他仍旧过着两点一线的生活，只不过由原来的从家到公司换成了从家到酒吧，他常常喝得酩酊大醉，有时候是自己，有时候和朋友。对公司的事情王源一概不过问，大量的账单和业务等着他，再加上被林佳带走的那些资金，王源的公司摇摇欲坠。

春天出现的时候，王源照例在酒吧喝得不省人事，春天连拉带扯地把王源扶进车里，王源脑袋一热，吐了春天一身。春天仍旧不管，初春的夜晚春寒料峭，春天坐在出租车里抱着浑身冰冷的王源，像是抱着一个受伤的宝宝。

春天带王源回到自己家，卧室里开足了暖气，王源软绵绵地靠在春天的身上。

有时候王源也会发酒疯，把家里的东西摔得粉碎，然后光着脚丫在上面跑，有时候吐得家里到处都是，有时候发脾气会骂林佳，甚至连春天一起咒骂……这一切春天都忍了。

生活还得继续，春天重返王源公司，帮他处理那堆烂账。王源仍旧每天喝得酩酊大醉，喝多了春天会带他回家。每天春天定点给他做饭送饭，一天只睡几个小时，没多久便瘦得脱了形。

渐渐的，王源喝多的次数好像变少了。

对春天的态度也明显好转起来。

然后，林佳出现了。

④

林佳出现那天，王源正在家里睡觉，而春天忙活着给他煲汤。

半年时间未见，大美女林佳憔悴不已。

一见王源，林佳便大哭起来，一边哭一边抽自己的大嘴巴子："我错了老公，我对不起你……"王源的嘴角不停地抽搐，没多久林佳雪白的皮肤上就印出无数的手掌印，看着林佳，王源悲从中来，俩人抱在一起号啕大哭。

哭了一会儿，王源忽然想起春天，大喊："春天，春天！"只是房间里早已空无一人。

春天走了，走的那天我们几个好朋友去送她，唯独没有通知王源，就如同王源办婚礼没有通知春天一样。

"春天，你真打算把王源让给林佳那个坏女人？"我有些愤愤不平。

"或许在感情的世界里，没有好与坏。王源原谅了林佳，我们这些外人还在纠结什么？每个人都要对自己的感情负责，7年了，我也该为自己的这段感情画个休止符了。”春天拿出手机，当着我们的面删光了王源所有的联系方式，每删掉一个就像是一场告别，但春天的脸上却是一脸的坚决。

春天那天给自己画了个精致的妆，披散着长发，我第一次觉得春天居然这么好看，只是以前的时候怎么没发现。

5

春天走了，没有一个人知道她去了哪里，只知道她去了一个有大海的地方，一个人过得很好。

第二年，林佳和王源生了一个儿子，生活步入正轨。

两年后，春天在朋友圈终于有了一条动态，照片中的春天仍是长发飘飘，手里牵着一个可爱的宝宝，背景是一望无际的大海，春天的脸上一脸的恬淡满足。

我把照片放大了看，孩子的粗眉毛几乎跟王源一样。

我忽然想起毕业那天，春天一脸平静地说：“姑娘，你知道爱一个人最高的境界是什么？”“就是哪怕最后他不跟我在一起，不爱我，我也要给他生一个孩子，然后和他的孩子耗在一起，耗尽我的余生。”

我坐在电脑前潸然泪下。

第五辑

行

——在路上，总有一段时光令我恋恋不忘

艳遇是一种人生态度

“山有山的高度，水有水的深度，没必要攀比，每个人都有自己的长处；风有风的自由，云有云的温柔，没必要模仿，每个人都有自己的个性。你认为快乐的，就去寻找；你认为值得的，就去守候；你认为幸福的，就去珍惜。”做最真实最漂亮的自己，依心而行，无憾今生，我坚信遇见你的那一刻，所有的星星都落在了我的心头。

说起艳遇，很多人脸上都会闪烁暧昧不明的笑意，不知道什么时候起，艳遇这个美好的词语竟变成了一夜情的代名词。

艳遇的本意不过是一场美好的邂逅，一场美丽的遇见，在不设防的前提下发生的美好意外，很多情况下可能是你很久不敢爱之后的随心而动，是对内心情感的一种直觉释放。

每个人都在喊着“我要艳遇”，可是在这个并不适合艳遇的时代，有多少人能真正地做到心无杂念？每个人的神经都变得高度敏感：“要是他是坏人怎么办，要是他是骗子怎么办？跟他在一起真的会安全吗？”

在无数的疑问中，爱情已悄然飘走，大家都怀抱着一颗被世俗束缚的心，被限制在樊笼里，变得固执而难以接受新鲜的事物，久而久之，原本美好的艳遇，竟成了一夜情的代名词。

曾经很多年里，我花费最多的就是车票钱。

虽然那个时候我还是个穷学生，我金钱的所有来源，就是兼职写文换来的微薄稿费。然后我用它还给我绝对的自由。

遇见H的时候，我在大理的梦马客栈，带着捡来的妹子慌乱找房间。

从昆明到大理7个小时的火车，路上随手捡了一个妹子。在云南这样的事情不足为奇，你站在路边会有人问你要不要一起搭车，吃饭的时候会有人问你要不要一起拼饭。

姑娘坐在我的旁边，一路狂聊。

“我还没有定住的地方。”姑娘说。

“我定了青旅，跟我一起吧。晚上可以一起逛古城。”就这样一拍即合。

只是到了青旅我才发现，我定的四人间里赫然住着两个男生，我顿时傻了眼。

我自己倒也觉得无所谓，只是怕新捡来的妹子尴尬，在反复纠结中，H出现了。

“跟我换吧，我一个人住标间。”我看了H一眼，不胜感激。

这便是我们的相识，在普通中带了些英雄救美的色彩。

我从来没有想过，有天我会爱上H，并且成为未来共度一生的那个人。

2

H骑摩托带我环洱海，我们在大理的天台上一起看夜晚的星星，在丽江的大冰小屋一起听民谣，在泸沽湖畔一起唱最原始的情歌。

旅行结束，我和H要面临分别。

我们坐在泸沽湖畔，H果断地说：“我跟你一起回上海吧。”语气里没有一丝的犹豫。

很多朋友听了我们的故事之后，十分的讶异。

“你胆儿真是太肥了，你都不怕他是坏人？你都不怕他把你卖了？万一他没有跟你一起回上海怎么办？万一……”人生哪有那么多的万一，我只是笑笑什么都不说，想法那么多的孩子怎么可能有艳遇，怎么可能理解艳遇？

我很喜欢一句话，是这样说的。

“山有山的高度，水有水的深度，没必要攀比，每个人都有自己的长处；风有风的自由，云有云的温柔，没必要模仿，每个人都有自己的个性。你认为快乐的，就去寻找；你认为值得的，就去守候；你认为幸福的，就去珍惜。”做最真实最漂亮的自己，依心而行，无憾今生，我坚信遇见你的那一刻，所有的星星都落在了我的心头。

事实证明，我和H的艳遇是一件很开心的事情，因为他是一个特别有趣的人。

在我们刚刚开始异地恋的那段时间，正好碰见了传说中的情人节，我在上海他在天津。他说买了小礼物给我，让我注意快递，中午门铃声响起，看见手捧着鲜花的快递小哥，我笑得眼泪要流出来。

没错，快递小哥就是H。

❸

百合跟我讲过一个关于爱情的故事。

2011年百合在烟台的海边遇见了陈默。那一年《北京青年》热播，百合站在剧情里何西跳海的地方，忽然想起了剧中的情节。而那块礁石上果然站着一个男子，百合对着礁石上的人大喊：“你跳啊，你倒是跳啊。”

喊了半天礁石上的男子无动于衷，倒是有一个男孩加入进来，这个男孩就是陈默。

用百合的话来说，“俩人相视一笑感觉就来了”。再接下来的几天，陈默带着百合爬墙去看冰心故居，俩人在春寒料峭中一起吃冰棍，骑着电动车在海边一起呼喊对方的名字，那些体验都是百合从来没有过的。不知道在哪一瞬，竟然也有了些爱情的味道。

虽然后来由于种种原因，俩人还是分道扬镳。但想起那段美好的时光，百合的脸上全是甜蜜与幸福。

茫茫人海，总有些人是闪着耀眼光芒的，那种光芒并不是源于你拥有怎样艳丽的外貌，拥有怎样性感的气质，无关美貌与气质，是一种气息和讯号。这种感觉是如此的清新自然，如同蜜蜂轻嗅盛开的花朵。

4

我表哥人到中年放弃了稳定的公务员工作，到陌生的领域开始创业。

当年很多跟他喊着一起创业的人，在决定的那一刻都收回了自己的脚步，很少有人愿意放弃现在安稳的生活，在九死一生的冒险中开辟出一番新的境地。

我曾经问他：“你觉得后悔吗？”他笑着说：“这世间哪有那么多后悔与不后悔，得失只在己心。”

得失只在己心，这个是表哥做人的原则。

或许你觉得他太能折腾了，为什么年纪一大把了却不想稳定？其实答案很简单，因为一辈子太短暂，我们为何不尽量地把生活过得丰富充盈，人这一辈子，拼劲全力，看到的也不过是世界的万分之一，若自己不努力，真的可能平庸地度过一辈子了。

在这个城市中有太多的姑娘，脸上已经不再有光芒。她们一边寻找着爱情，一边又尘封着自己的心。遇到爱情的时候，要衡量计较的得失太多。“他的条件能否配得上我，他有车有房吗，他的工作是有编制的吗？”等到错失爱情的时候，又开始不停地寻找，怎样才能收获爱情？其实，要想收获爱情很简单，首先就是相信爱情，让爱情找到你。

若你是一颗种子，你的种子尘封在土壤里，又怎会开出绝美的花朵。

但若你是这样的姑娘，既不相信艳遇也无法接受成人世界里的世俗规则，这样高不成低不就最是悲哀。

越过山丘，才发现有人等候

2014年百合在上海，终于如愿听了陈奕迅的演唱会。她打给我的时候，电话那头传来的不是《富士山下》，而是《稳稳的幸福》，万人一起唱："我要稳稳的幸福，能抵挡失落的痛楚，一个人的路途，也不会孤独。我要稳稳的幸福。能用生命做长度，无论我身在何处，都不会迷途。"百合也附和着唱，不停地重复。我不知道陈奕迅唱"这是我想要的幸福"时百合有没有哭，但是我知道电话这头的我竟然有些感动地落泪了。

1

第一次失恋的时候，我刚刚21岁。

为了疗伤，我一个人去了青海湖。那是我第一次一个人出远门，背着我暑假打零工攒钱买的数码相机，从济南到西宁，发呆了三天三夜。

我记得那是一个寒冷的冬季，一路上我都能看见树叶纷纷掉落的样子，一半落在尘土里，一半留在枝头。那些留在枝头的叶子也并不是完全的枯黄，一半是绿色一半是黄色，我带着悲伤欣喜以及好奇看着这个寒冷的世界。

直到在火车上听到李宗盛的那首《山丘》，我开始大声痛哭起来。

越过山丘虽然已白了头
喋喋不休时不我予的哀愁
还未如愿见着不朽
就把自己先搞丢

那是我第一次如此真实地感觉到有人真的离开我，从青海回来的时候，我有天深夜去了前任家的楼下，就这样静静地坐了会儿，其实他家的窗户是哪扇我也搞不清楚，然后我打开手机，放了李宗盛的那首《山丘》。

后来，我经常想起那些被人类说得失去了水分的句子，其实依旧温柔美丽。比如，“我很想你”。

每天独自上班下班，吃饭睡觉，看口中哈出的白气，怀念与你在一起的日子，短暂而又美好。“后来”，我总是喜欢说这个词语，它让我有种期许和真实感，仿佛我们一下子就看到了故事的结尾，美好中又带着些满足感。

我又开始写那些矫情的句子，做那些让我觉得勇敢的事情，我会夸赞自己，“你真勇敢”。惴惴不安与温暖并存，日子就这样悄无声息地一天天溜过，想握却怎么也握不住。我总是会想起每次火车开动前，我们隔着玻璃努力微笑的样子，悲伤而又美好，一转身必是泪流满面。

三毛说：“我来不及认真地年轻，待明白过来时，只能选择认真地老去。我的心境此时此刻已经不再年轻，看多了沧海桑田，见多了海枯石烂，眼底住满了苍老，荒芜青春的气息。时间似乎一直都在流浪。我看管不住，只能叹息并且悼念。所以，不曾喝着啤酒唱着情歌，不曾从黑夜对坐到天明，不曾惊天动地，放肆任性，不曾邂逅一场属于花季的恋情，这些，到了现在我后悔并且惋惜。”

而对于我来说，我并不后悔。我仍旧记得我们在一起的那些为数不多的日子，你明媚的微笑，你在球场上肆意飞扬的青春年少，我们一起爬墙去看海去唱歌，你在人潮中突然就把我举到肩头，我们一起哈哈大笑。感觉真是一种很奇妙的东西，我喜欢的小温暖。

多久了，久到我都忘了，我再没有遇到这样一个让我心动且真实的男子，我幻想过好多次，在黄昏中的街角，我会遇到一个英俊而面无表情的男人。是的，英俊，深邃的眼瞳，干净的气息。很多时候，太过美好的东西总是让人望尘莫及。我看着他静静立在人群里，表情疏离，街上所有声音都只是他一个人的背景。像一场黑白电影，其他画面都模糊不清，唯独他的五官纤毫毕现。太过戏剧便不够真实，生活一直如此。众多的场景构成一个事实，我清楚地知道他在等人。现实是，在另一个黄昏的夜晚，我真的遇见了一个让我觉得心动的男子，故事的关键是他在等我。

这是一个简单而又平凡的故事，在这个地球上每天都在上演类似的情节。我觉得啰嗦而又脑袋不清晰，空调吹来的暖风和感冒带来的嗓子疼痛让我的脑袋有种昏昏欲睡之感。听说你的城市下雪了，我听着你的鞋子踩在雪地上所发出的吱吱嘎嘎的声音，竟然想起《情书》里面的藤井树对着茫茫的白雪，大喊“你好吗”的情景。

后来，我开始学习尤克里里，开始学习滑板，开始学习素描，开始喜欢旅行，一个人去了很多地方，渐渐不再想起他，后来活得轻松自在。

2

朋友百合曾经跟我说过她回忆中的这样一个人，她说，他曾经占据着她心里最最温柔的那一部分。有很多年的时间，他们都生活在一起，他们养了一只叫不二的大狗狗，他做菜她洗碗，他还会在院子里种很多很多花。他们曾经一起商量着要去日本旅行，去富士山下，去看绚烂夺目的樱花，他们曾说要一起去听一场陈奕迅的演唱会。只是，还未等到那一天，俩人已经分道扬镳。

我没有详细地询问俩人分开的原因，也不知道那个会做饭会种花的男子去了哪里。沉默过后，百合拉着我的手，说有天她一定要去趟富士山，去听一场陈奕迅的演唱会。

或许分开才是一种常态：在电影《致青春》里，郑微在最青春最美丽的时刻爱的是陈孝正，他们没有在一起；阮阮没有跟赵世永在一起，要嫁给只见过6面的医生，稳妥是稳妥，但是能有多少爱呢；黎维娟当然不会嫁给乡下的土小子，毅然地努力为50多岁的老男人生个儿子……

也许，我们每个人心里都曾住着一个Ta，可是又能怎样，日子湍急地从指缝流过，我们被迫成熟，接受人情世故，适应这个变化太快的世界。并不是所有的初恋都可以永垂不朽的，其实，只要我们曾经奋不顾身过就已经够了。

2013年舟山陈奕迅的演唱会，我想起了百合，打电话给她，彼时陈奕迅正穿着红衣，站在升降舞台上，缓缓地唱："如若你非我不嫁，彼此终必火化，一生一世等一天需要代价。"我兴奋地说："百合，你快听，《富士山下》。"

电话那头，起先传来的是低声的啜泣，紧接着便是号啕大哭，就在那么一瞬间，我有些恍惚，想起了21岁的时候拼命要忘记的那一个人。

挂了电话，百合发信息给我："谁都只得那双手，靠拥抱亦难任你拥有，要拥有必先懂失去怎接受。曾沿着雪路浪游，为何为好事泪流，谁能凭爱意要富士山私有。"我知道这是《富士山下》的歌词。我忽然想起了在某本杂志上看到的一段关于《富士山下》的介绍，文章中说，那时候的林夕为爱不得，面对洁白圣洁的富士山写下了这首歌，林夕说：“你喜欢一个人，就像喜欢富士山。你可以看到它，但是不能搬走它。你有什么方法可以移动一座富士山，回答是，你自己走过去。爱情也如此，逛过就已经足够。”

我把林夕的这段话发给百合，她只字未回。

2013年，百合开始创业，朋友圈里常常会发一些工作的情况，彼时的百合看上去状态不错，常常看她化精致的妆，穿着工作套装，在微信上也变得越来越活泼，渐渐也有了女强人的样子。姑娘好像爱上了旅行，看着地点的定位，台湾、曼谷、英国……百合一个人竟也去了那么多地方。

后来的某天，百合在朋友圈发了几张富士山的美景，定位是在日本，而这些图片的配文就是“你喜欢一个人，就像喜欢富士山。你可以看到它，但是不能搬走它。你有什么方法可以移动一座富士山，回答是，你自己走过去。爱情也如此，逛过就已经足够”。

2014年百合在上海，终于如愿听了陈奕迅的演唱会。她打给我的时候，电话那头传来的不是《富士山下》，而是《稳稳的幸福》，万人一起唱：“我要稳稳的幸福，能抵挡失落的痛楚，一个人的路途，也不会孤独。我要稳稳的幸福。能用生命做长度，无论我身在何处，都不会迷途。”百合也附和着唱，不停地重复。我不知道陈奕迅唱“这是我想要的幸福”时百合有没有哭，但是我知道电话这头的我竟然有些感动地落泪了。

2015年百合打电话给我，问我听到什么了。

我闭上眼睛，是海浪的声音。

“我听到富婆又度假啦。”电话那端海浪的声音此起彼伏。

“我恋爱啦，姑娘。”百合的声音在海浪的衬托下显得格外的平静，“在过去的很多年，我觉得我的面前一直有一座富士山，我去了那么多地方，可是它仍旧在我心里越来越沉重，最后压得我喘不过气来，我用了很多方法试图推倒它毁灭它，最后全部以失败而告终。直到那天，看到你发给我的那段话，喜欢一个人，就像喜欢富士山。你可以看到它，但是不能搬走它。你有什么方法可以移动一座富士山，回答是，你自己走过去。爱情也如此，逛过就已经足够。我开始尝试改变自己，以脱胎换骨的面貌翻越心底的那座富士山，这一座山我整整翻了两年，终于我看见了彼岸绚烂的樱花。”

生命里完美的事情太少，我们不一定能牵着他/她的手走到最后，有些事瞬息万变，有些人在一转身的时间里已经隔了万水千山。若命运让我们真的不能一起前行，不如努力跨过心底的这座山，将往事尘封在心底，跟往事道一声珍重，再也不相见，再也不会感觉到遗憾。

女孩子单独旅行要注意的问题

每个姑娘都有一个穷游走天下的梦想，关于旅行我们总想“深入探究”而并非只是走马观花，但是我们这一代姑娘大多娇生惯养，缺少应对危险和突发状况的能力。我们可能已经独自旅行过，在旅途中遇见的闪亮路人和曾经完美的旅行让我们放松了警惕。思想上的放松，导致了行为上的偏差，很多时候当危险来临时，我们浑然不知。

2015年顾老师的一句“世界那么大，我想去看看”刷爆了朋友圈，很多人按捺不住，也踏上了“我想去看看”的旅途。

首先最让我妈妈不放心的便是安全问题，当然这一点我也有些忐忑，我也不知道接下来会遇见什么人，会出现什么状况。我已经向她老人家保证了N次，我一个人会乖乖去人多的地方，危险的地方一律不涉足。在我保证了N次之后，妈妈终于被我描述的景象所打动，她对云南一直有些偏见，估计是缉毒电视剧看多了……我现在在想，为了让她放心下次是不是等到安全归来再汇报。

关于去云南转一圈的决定做得很随性，上午觉得想出门，下午便请了十几天堪比婚假的假期，然后订票订酒店做攻略，虽然我知道自己之前说走就走的旅程都不靠谱，只是觉得时间紧迫，有些事情现在不做好像以后就不会做了。猫姑娘说，我做什么决定好像都不意外。我的奇葩形象果然已深入人心。

一个女孩在出行前有很多准备工作要做好，一一姐根据自己多年的旅行经验，吐血整理，希望能让姑娘们多了解一点，如何安全地独自旅行，如何与人分享多人间无穷的乐趣，如何与那些“臭男人”不一样。

首先我们一起来谈谈安全问题，先来看一个令人惊悚的案例。

原寻人启事：XX，女，山东人，28岁，身高162cm，一个月前一个人去藏地旅行后失踪，家人尝试了各种方式来寻找她，均无果……

据最新消息知：MM已被害，凶手已被抓……

每个姑娘都有一个穷游走天下的梦想，关于旅行我们总想“深入探究”而并非只是走马观花，但是我们这一代姑娘大多娇生惯养，缺少应对危险和突发状况的能力。我们可能已经独自旅行过，在旅途中遇见的闪亮路人和曾经完美的旅行让我们放松了警惕。思想上的放松，导致了行为上的偏差，很多时候当危险来临时，我们浑然不知。

女孩子一人独自出游，与男孩子相比危险系数高的不是一两个等级。女孩失联的案例比比皆是，我讲这个案例不是想阻止女孩子们单独出行，我也是一个热爱独自旅行的姑娘，只是希望大家在旅途中能引起足够的重视，尽量将伤害减小到最低。要想避免危险，认识危险和承认危险就显得尤为重要。

在旅途中很多不是问题的问题，在姑娘一个人的时候都变成了问题。比如说打车，坐黑车失联的姑娘已经不在少数。比如住店，一定要保证选择入住酒店的安全性，务必选择正规的酒店，尽量不要选择民宿，我个人觉得要是考虑经费青旅是个不错的选择，在选择青旅的时候注意，很多青旅是男女混住的，对此介意的姑娘一定要看清楚。一般直接写N人间的都是男女混住间，而女生间多半会加上女生或者女神这样的字样。在选择民宿的时候，尽量不去小巷不去猎奇，一切以安全为主。

女生跟男生最大的不同，就是有被劫色的危险（一般情况下很少听见男人被劫色的新闻吧），这些问题跟长得好不好看没有半毛钱的关系。尤其在偏远山区，至今仍存在着大量被拐卖的女孩。对于一个男生来说，身上分文没有，在路边的石椅子上睡一觉，最多就是身上被打扫的阿姨弄一身灰尘（当然也存在被拐走割了一个肾和被卖到黑砖窑当苦力的隐患，个人觉得这种概率比起女孩子失联来说小太多）。而对于一个女生来说，在月黑风高的夜晚，一个人睡在路边的石椅上，这简直就是在作死。这年头睡在肯德基这样的地方，都存在第二天不知道被抬到哪里的问题。

我个人建议，女孩子在独立外出的时候，尽量不要穿过分暴露的衣服。曾经有篇论文试图论证穿着暴露跟性骚扰之间没有关系，论文想表达的观点是女生穿着暴露没有关系，性骚扰是由于坏人的秉性。但是这一点我却不敢苟同，我觉得在很多情况下意外的发生都不是在计划内的，邪念只在一瞬间，而我们没必要用穿多少来验证这个问题究竟对不对。

在独自旅行的过程当中，会有各种突如其来的状况发生，而这些状况常常让你手足无措。如半夜正睡觉的时候忽然有人敲房间的门，吓得我大气儿不敢喘一声；在国外旅行的时候曾经误入红灯区，导致所有男性在看我的时候脸上都充满了暧昧的笑容；比如在中东地区尽可能地蒙纱装成本地人，回酒店的路上还是被人尾随，还好及时遇到了酒店的大叔……所以熟悉地图，了解当地的民俗就显得尤为重要。

我上文说了这么多，无非是要表达，姑娘一个人出门旅行，其实还是很危险的这样的观点。为了保证整个旅途的安全性，有几点是必须要注意的。

1.尽量避开危险的地方。

在这个世界上仍然存在着很多不安定的因素，如战争、宗教信仰等，很容易就造成流血牺牲。所以对于战乱国家，我们为了避免危险事件的发生，最好的方法就是不去。不知道从什么时候开始，形成了一种特别怪异的旅行风气，“我去过非洲多少多少国家，曾经在中东的时候，一枚炸弹在离我不远处的地方爆炸”“我曾经去过某某海拔超过多少的高峰，途中两次接近休克”，旅行者在貌似炫耀的口气中获得了某种心理上的愉悦感。

但是我想说的是，在危险的地方出了事故是你自己活该，你不能为了自己吹个牛逼就让自己的亲人担惊受怕，这本身就丧失了旅行的意义。当你面对攀登珠峰的皑皑白骨时，你还能觉得那是一件特别愉悦的事情吗？

2. 防身问题。

最初出门带的刀是一个姑娘推荐给我的，是一把卡片式的刀，有极强的实用性。还有剪刀、镊子、小刀、大头针等，这些都可以很好地解决日常生活中可能出现的问题，当然最主要的一点是关键时候还能起到防身的作用。

3. 出门尽量穿舒服的鞋子。

很多时候，在梦中遇到危险时，梦里的我常常如风驰电掣般狂奔。在现实中也是，若是遇到坏人，跑得快也是一个优势。

说完了安全的问题，我们再说说行李打包的问题。

女孩子行李多啊，我就是个例子，出门之前觉得什么东西都得带，左右整理之后发现不觉间行李箱就被塞满，后来从一个爱旅行的姑娘那里学了几招，整个人变得身轻如燕起来。首先，如果你户外旅行比较多，抓紧放弃行李箱吧，在户外拖着行李这完全是自讨苦吃。一般来说，我会选择一个大包或者可以折叠的随身背包或挎包、腰包之类。

关于大包一般要秉着贵重物品往上放的原则，同时要兼顾使用的方便性，一般来说具体位置是这样的：最下面会放一个睡袋，然后是拖鞋，再往上是内衣、外套，最上面是电子产品。

安全问题解决了，行李问题解决了，其他的问题就显得轻车熟路游刃有余起来。记住自己是个姑娘，然后忘记自己是个姑娘，在旅途中充分享受美景，一辈子不长，用心甘情愿的态度，过随遇而安的生活。

我有民谣和酒，你要不要跟我走

来天津后的某个夜晚，我和H在意式风情街溜达，从头走到尾，到处都是抱着吉他唱着《南山南》，开口闭口都是“南方”“姑娘”这些词的年轻小伙。我不知道民谣这算是一种空前的大盛还是在渐渐走向了三俗，但是人人都会哼几句“你在南方的艳阳里大雪纷飞，我在北方的寒夜里四季如春”，这是民谣最好的时代也是最坏的时代。

2015年8月6日马老板南巡，最低80的良心票价。整个Live，背着双肩包的小女生占据了70%，而这70%的女生却叼着黄鹤楼而不是南京，还有个男同学，眉毛比女生画得还夸张，我一把年纪混在马老板的粉丝中，装嫩装真爱。

第一次听《南山南》的时候，我大概死都想不到这首歌有天会烂大街。

现场我很感动，小公主的卷舌音卖萌装傻，在最后一首歌，全场手机的灯光打开，那种自发的光海让我心动。

我有那么一瞬间想起了老李的跨年，他总是叼着烟，忧郁着跟着朋友一起吹着牛逼喷着水嘶吼着。而马頔的现场只有海咪咪才能让姑娘沸腾，而且还时不时掺杂着“不喜欢听你可以退票”那平卷舌清晰的小公主的声音。

每个人对音乐有不同的欣赏，有喜欢《南山南》的文青就一定有喜欢《自由飞翔》的广场舞阿姨，所以，才有那句“一千个读者眼里就有一千个哈姆雷特”。

百度百科里面，关于麻油叶的介绍特别简单，简单到用民间民谣组织几个大字就概括过来，但是这几个字却无法掩盖其耀眼的光芒。不可否认的是，麻油叶一直处在风口浪尖上。

我不是来黑马啪啪的，毕竟网上黑他的人已经够多了，我又能算老几？况且我也不是吉他大师，听不懂他的简单的和弦，更写不出他那样矫情到极致的文字，我曾经用“民谣界的郭敬明”来形容马啪啪。但是不能否认的是，第一次听《南山南》时，我被南山、北方、墓碑这些堆砌起来的词不小心碰触到了，我用心地去想象，竟然也想象出了一个悲情的故事。总体来说，旋律真的不错，一年后的某天，某选秀节目后，这首歌烂了大街，然后蹦出来一个感人肺腑的故事，再然后朋友圈就被刷爆了。

在很久以前，听民谣的唱民谣的好像都是一帮穷鬼，而多年之后风水轮流转，听民谣变成了一件特别有逼格的事情，而且懂不懂的都得黑一黑民谣以此彰显自己无上的品位。

民谣真正火起来大概是在某台的选秀节目上，一个来自湘西的男孩抱着吉他向他的姑娘示爱，他唱了《董小姐》，然后把当时的女评委感动得一塌糊涂，总之，这首歌火了。那段时间朋友圈和QQ空间里，转载的全是那句“爱上一匹野马，可我的家里没有草原”。于是很多好事者开始深扒这首歌背后的故事，以及是否有董小姐这个人，还有好事者猜想，董小姐一定是一个平胸短发的姑娘，不过最让人意外的还是那首歌之后，左立的女朋友被黑出了翔，而胖子宋冬野则意外走红。

人们知道了宋冬野，然后知道了麻油叶，而后又知道了马由页，知道了尧十三，知道了贰佰，知道了刘东明（刘东明真的是麻油叶的一员啊）。

很多人为了凸显自己的逼格以及对民谣的深谙之道，谈起民谣一定会捧周云蓬、万晓利、赵雷，然后痛批宋冬野和马啪啪，同时为了彰显自己不是一个无聊脑残喷子，还会把尧十三单独拎出来。于是就有了著名的那句“尧十三和马啪啪的距离是中间差了XX个宋冬野”，让人哭笑不得，我想问的是，“说这句话的人，您听过几首尧十三？”

回头来看，民谣为什么火，离不了苏阳、李志、张玮玮的铺垫，然后那个来自凤凰的左立唱了宋胖子的“爱上一匹野马，家里没有草原”，于是忽如一夜春风来，千门万户是草原。比如我上中学贴吧问：“你们为什么喜欢董小姐，我觉得一般啊？”他们回答：“是因为你没有经历过，等你经历过你就懂了……”

我不知道很多人是如何界定民谣的，我个人觉得民谣本身就是一首诗一幅画，最好的感觉大概就是席地而坐，身旁放一杯酒，怀抱吉他，哪怕是几个简单的和弦，都可以直扣人心，在不自觉间为我们讲述了一个感人的故事和令人向往的远方。

来天津后的某个夜晚，我和H在意式风情街溜达，从头走到尾，到处都是抱着吉他唱着《南山南》，开口闭口都是“南方”“姑娘”这些词的年轻小伙。我不知道民谣这算是一种空前的大盛还是在渐渐走向了三俗，但是人人都会哼几句“你在南方的艳阳里大雪纷飞，我在北方的寒夜里四季如春”，这是民谣最好的时代也是最坏的时代。

还是那句话，每个人有每个人的审美与喜好，有人觉得阔腿裤复古时尚，自然也就有人觉得穿阔腿裤的是土包子。全是逼格惹的祸，一大早睡醒已开启逼格模式，人是铁饭是钢一天不装憋得慌。

如果再早一点，我想去做老狼嘴里“流浪歌手的情人”；如果再早一点，我应该有足够的勇气走更多的路，看更多的美景；如果再早一点，我可能仍旧会是那个理想主义者，抱着吉他，簇拥在火炉旁唱着远方的远方。

然而民谣也不一定就是灵丹妙药，这个世界上也没有万能丹，我们本不必夸大民谣的意义，很多时候，民谣只是简单几句诗几句呢喃，配上简单的旋律，却足以让人听到泪流满面。

我唯一遗憾的是没有在青春最茂盛的年纪遇上民谣，人海无处不在，对于我们来说最重要的是在人海中找到自己，我们本有着自由的灵魂，为何要桎梏于房贷、温饱、生儿育女以及追名逐利上。

我有一碗酒，可以慰风尘。

写给亲爱的云南之行

一打开门进去便看见一屋子年轻人围着一个面目清秀的小男生，后来才知道他是传说中那个有“海外背景”的宋昭，他唱“看着天空数星星，看着你眼睛”。还有老谢，老谢的歌唱得人泪光闪闪，听的人无声哽咽。有一种音乐没有任何特效、技巧，可就是那种声音，来自内心深处，它扯出了一段听者曾经埋藏在心底的回忆，闭上双眼，在脑海里播放，模糊了双眼。走心的歌词，把往日的面具撕个粉碎，我们在陌生的人群中，释放自己。真实地看着《他们最幸福》中的那些人，鲜活地出现在自己面前，那是一种很奇妙的感觉。

无病呻吟常常被称作是旅行的后遗症，而我此时似乎已经病入膏肓。所以想码些文字，来纪念我的云南之行，同时为即将踏上云南之旅的朋友投石问路。关于旅行的目的很简单，是为了我的新书，有天在家里对着电脑，我忽然发现自己一个字都敲不出，我害怕那样的状态，我讨厌那些毫无灵感写出的生涩枯燥的句子，于是请假买票，说走就走。

所以在出行前，我并没有做什么规划，随心而走，边走边聊，美景美人皆收入囊中，还自己一个思绪泉涌，这便是我认为的旅行的意义。

云南的旅行就像是一个冗长的梦，梦中有欢笑，有泪水，有忧伤，也有感动。

我在上海的家里看着旅行中拍摄的照片，万千思绪翻涌而至。

我试着让行走的心静下来，让旅行的心走回来，来辨别梦想与现实，以不再去怀念那云南湛蓝的天，不再去怀念在一起的快乐旅行时光。但如果没有这次旅行，我就不会遇到可爱的你们，或许那是人生很大的遗憾之事。

上海——昆明

关于云南，最早了解是因为小时候的一部电视剧，主题曲现在还时常萦绕耳旁，“美丽的西双版纳，留不住我的爸爸”，那是一部关于知青返乡的电视剧，哪怕很多年后的今天，我依然能够记得故事的情节，沪语版的配音加上美丽的西双版纳风情，还有那句“上海那么大，没有我的家”。多年之后似乎一语成谶，上海那么大，果然没有我的家，年幼的我大概从来没有想过有天我会生活在上海这座城市。

扯远了，飞机上靠窗的我看着棉花糖一般的天空觉得整颗心都释然了，飞机的尾翼上有一个漂亮的凤凰，我一路盯着发呆，好像把这些年的故事重新过了一遍。我幻想自己坐在飞机的机翼上，伸手便可触摸到满天的白云，可以快乐地跳舞如同做梦。

在昆明长水机场一下飞机，便给了我一小惊吓，可能是阴天的缘故，雾霾并没有少多少，气温偏低，旅行箱里带着十几条裙子的我瞬间傻眼。天知道我是一个多么爱拍照的人，这云南美景如此之美，我怎能辜负，却神经大条地忘记了温差一说，我抓紧拿出仅有的一件毛衣穿上，乘坐机场大巴直达昆明锦江大酒店附近，开启我的云南之旅。

关于昆明，为了省钱我只是作为一个中转站，在大城市生活久了对城市有些无感，走在昆明的大街小巷上，我觉得像是20世纪的某个县城，姑娘皮肤大多黝黑深棕，随时都有摩的司机停在你身边操着一口类似川普的方言（后来我才知道那是昆明话）问："坐车喽？"两步一个三步一群，我真是要感叹昆明摩的司机的强大力量，在第N个摩的师傅问我"坐车喽"后，脑袋一团混乱，我整个人找酒店找到心塞，明明只隔一条街道，却骗我说很远很远。师傅，您欺负我看不懂百度地图吗？还有昆明的出租车司机我问了N个居然不知道锦江大酒店，居然不知道空港二号线的售票处，请问师傅，您是本地人吗？

在我接下来去大理和丽江泸沽湖之后，我才知道昆明的天气是多么的温暖，多么的四季如春，据说滇池不错，小伙伴们可以一看，关于昆明，用了那么多不美好的字眼，原谅我。

大理——梦开始的地方

当被现代都市的快节奏浸泡到近乎麻木的年轻人们不再相信婚姻

和爱情的时候，简单直白的艳遇，或者再通俗点说，一夜情和它所代表着的赤裸裸的性，仿佛成了治愈他们的情感灵药，它不但能够及时地宣泄空气中愈发浓厚的力比多，而且似乎还掺杂一点不加虚饰与包袱的情感碰撞与交流。关于大理， 我不否认《心花路放》带给我的影响，大眼睛姑娘袁泉一路向西在异乡收获了自己的爱情，当然结局很现实，屌丝去了大理结果也是离了。

我现在都能隐约记得我们分开的那天，你帮我收拾东西，你嘴里哼唱的就是这首《去大理》：“既然不快乐又不喜欢这里，不如一路向西去大理。”那时候我觉得这首歌真好听。

从云南去大理的火车上，我认识了一群90后的年轻人，表弟、表妹、表姐、广东妹还有Sunyee，我们六个竟然一路从昆明聊到大理，7个小时的火车，根本停不下来。

表弟是个小白脸，我气愤的是他居然比我还白！哪怕后来我们一路环洱海之后，他还是很白，这点让我很郁闷。表妹不爱讲话，一路听我们畅聊，偶尔冒出一句来却句句经典。初见表姐时，表姐在跟人吵架。要知道这个世界上总是有些倚老卖老的人，纹丝不动地占着别人的座，表姐就插着双兜靠在卧铺座旁边，一脸怒气地撅着小嘴喊：“我要叫列车员啦！”哈哈，真是好可爱的姑娘。至于广东妹，我每次都因她笑到抽筋，在这场云南之旅中，她喜欢上了第三极青旅的老板大路，为了帅哥多次周转丽江，还认识了洋气的韩国欧巴，牵着陌生香港男生的手环游古城，一路走走停停，没有强吻大路是她的遗憾，亲爱的要是你爱的人恰好爱你那该有多么美好。Sunyee是一个画画超赞的哈尼族小姑娘，后来大家分开聊得比较少。兜兜转转、分开又相聚，每个人的感受定然不同，只是遇见你们才让一个人的旅程变得不再枯燥。

大理，住宿的话一般会有两种选择，一种是在古城住客栈，这样交通、食宿是最方便的；还有一种是住在洱海边的海景客栈里，比如大理古城周边的龙龛码头，这里有不输双廊的洱海景色。我入住的是大理古城边的梦马青年旅社，单看客栈的名字就知道老板是多么有情怀的一个人，我瞬间想起了诗人海子的那首《以梦为马》：“我甘愿一切从头开始，和所有以梦为马的诗人一样，我也愿将牢底坐穿。”以梦为马，把酒年华，以梦为马，执手天涯，多美。还有梦马的天台，每天睁开眼睛便拎着相机往上冲，夜晚看星星，星星点点，如同做梦一般。

一进梦马青旅，一只大个的边牧就扑上来，老板娘大喊“一一别闹”，我瞬间哭笑不得。边牧一一的名字是自己抓阄取的，不要小看边牧一一，这是只放荡不羁爱自由的小公举，跟老板娘环过洱海，爬过苍山，走过川滇藏，我瞬间觉得此狗高大上，能跟它重名真是一姐此生之幸事。后来的很多时候，我常常能听到老板娘喊“一一，一一”，让我情何以堪。

七月的大理常常下雨，静静地看着雨中的大理，跟身边的人聊聊天，听听别人的故事，逗逗一一，披头散发地站在天台上看夕阳。“既然不快乐又不喜欢这里，不如一路向西去大理”，我在大理了，只是好像也并没有想象中的那么快乐。

跟丽江相比，我更喜欢大理。古城依偎在苍山脚下，抬头便可以仰望苍山风景，风花雪月让人迷醉。

大理古城分东西南北四门，南门是老城区，比较热闹。夜幕下的古城更是热闹之极，晚上逛古城很有味道，只是人太多太拥挤，洋人街、护国路等都很值得一逛。路上有卖各式各样小物件的年轻人，东西卖得也便宜，对于爱淘的一姐来说，这太幸福。很多做原创音乐的人在路边尽情欢唱，弹着小U的老外、跳着机械舞的动感少年、暮色城墙根下唱着李志的男子，这一切都像是来自另外的一个世界，不同于天桥的杂耍卖艺，别有一番风情。来句破坏意境的，我觉得大理那个烤乳扇难吃到极致，建议不要吃，倒是环洱海时在喜洲吃的粑粑味道还不错。

认识韩大哥纯属巧合，这个操着一口天津话的人一开口我就被逗乐。哈哈，怎么有这么奇怪的人，好逗的天津话，我索性来了段蹩脚版的天津快板，后来熟悉了之后才知道，在人眼里我才是一逗比……没想到后来会发生那么多故事，这一切只能用缘分来解释。

骑着电瓶车环洱海这件事情对于一个超级怕晒黑的人来说，简直堪比灭顶之灾，一路上我都手不离防晒霜，十几分钟一小涂，二十几分钟一大涂。千万不要小瞧大理的紫外线，后面证明我的做法是完全正确的，晒了一天也没有黑多少，而身边不涂防晒霜的那群早已黑成鬼！说的谁你懂的。在防晒工作做好之后，伙计们可以尽情地环洱海了。

英伦风电瓶车一路向东，手机里入乡随俗地放着丽江小倩的《我会想起你》，“苍山洱海旁，你在我身边……”一路上美景不断，也许爱情真的在洱海边，有那么一瞬间我有些恍惚。

丽江——望着天空数星星，看着你眼睛

在大理认识光头源哥，一路上蹭车直达丽江。这个35岁的男人很有意思，一个人一路从广州开到云南，住青旅、尝美食、看美景，在雪山上游泳，在几千米海拔的山顶拿着自拍神器自拍，一个人横穿崎岖的盘山路，现在仍旧在旅行的过程中乐不此疲，这不得不说是一朵奇葩男子，但是我们都爱他。

丽江呆了没几天，大研古城的石板路在雨后有些湿滑。在丽江古城住在一家叫作第三极国际青年旅社的地方，老板就是前文中提到的广东妹的最爱——大路。大路是个帅酷男，笑起来感觉很温暖，90年的年纪却是第三极的老板，而同龄的我却……真是自惭形秽。第三极真的是一个超级热情的地方，一进店就有人不停地问：“杀人吗，杀人吗？”吓得一姐……还好，只是被邀请玩杀人游戏。义工梦卿是我的老乡，十八九岁，长相帅酷，以后定是人间妖孽一枚，义工小明剪了短发后整个人也变得阳光帅气起来。我每天睡到自然醒，然后就靠

在院子里的吊床上给小伙伴写明信片，逛古城，想念某些人，生活如果可以一直这样简单就好了。

大研古城的一间火塘酒吧人挤人，这里是“大冰的小屋”，老板大冰是一个像嬉皮士一般晃荡的人。长久以来我们对那些多重性格反差大，多种职业反差大的人有种觉得不可思议的佩服。比如，汪涵那么搞笑的一个人竟然学富五车，而且对传统手艺痴迷。所以绝大部分不了解大冰的人，当知道他现在的身份是一个吟游诗人，一个民谣乐手，一个酒吧老板，一个……就更不了解他了。我甚至愿意拔高地盛赞他是一个脱离了低级趣味的人，相较于我们这些为生活奔波，为加薪加班，为功名世俗所累的人，他所做的，只是以梦为马，永远在路上，永远对生活热泪盈眶。

作为一个山东人，我从小是看《阳光快车道》长大的，很多年前当我还是个孩子的时候，我看他的节目听他搞笑的脱口秀，“爸爸妈妈爷爷奶奶请注意，阳光小苗苗正在征集”，一眨眼，我从苗苗变成了大姑娘，他从大冰变成了老冰。只是当年小时候的感觉还在。

由于跟源哥、广东妹、韩大哥一起去花马街吃三文鱼刺身，赶到大冰的小屋时已经是八点多钟，

只是一切都太拥挤，不断地有人进来一打开门进去便看见一屋

子年轻人围着一个面目清秀的小男生，后来才知道他是传说中那个有“海外背景”的宋昭，他唱“看着天空数星星，看着你眼睛”。还有老谢，老谢的歌唱得人泪光闪闪，听的人无声哽咽。有一种音乐没有任何特效、技巧，可就是那种声音，来自内心深处，它扯出了一段听者曾经埋藏在心底的回忆，闭上双眼，在脑海里播放，模糊了双眼。走心的歌词，把往日的面具撕个粉碎，我们在陌生的人群中，释放自己。真实地看着《他们最幸福》中的那些人，鲜活地出现在自己面前，那是一种很奇妙的感觉。

又出去，有人说40块钱一罐的啤酒太坑人，大冰太商业化。但是我真心觉得花40块钱能听到那么美好的故事，能看到喜欢的人真的不贵，要是一姐我收60！毕竟大家都是凡夫俗子，人家也要孝敬父母，人家也要娶妻生子。加了老谢的微信，很意外地发现他时常在朋友圈发些小句子，有时是莫名的小情绪，有时是简单的小心语，粗矿的外表下仍旧有颗细腻的孩童之心。

他们都是一群三十大几的人了，或许我们看到的都是他们此刻的光环，在这个偶像万万岁的年代，我们到底该和谁一同前行呢？你在问自己，他们也在问自己，其实我们需要的，不过是在某个阶段一同赶路的朋友而已。

丽江美食中最出名的是小吃和火锅，小吃以鸡豆凉粉、纳西烤鱼、丽江粑粑、东巴烤肉等最受欢迎，火锅则以腊排骨火锅、洋芋鸡火锅、黑山羊火锅、菌类火锅等最为出名（菌菇类不是丽江特产的但是很出名，建议尽量少食用），花马街的三文鱼刺身超级赞。

泸沽湖——久在樊笼里，复得返自然

最早听说泸沽湖是因为杨二车娜姆那个带花的女人，穿着一身中式服装游走在这个世界，才知道这个世界上竟然有如此奇特的民族。

他们世世代代居住在泸沽湖边过着母系氏族的传统生活，被蓝天、白云、绿水围绕，朴素、平静而真实的生活使这里的人们对人生有着最朴实的理解。

去泸沽湖是跟陌生人拼车去的，盘山公路蜿蜒曲折，开车的司机是个纳西族的小伙叫扎扎，环山公路愣是开出了速度与激情的感觉。一路上被颠得东倒西歪，我狂吐不止，有种要把胃吐出来的感觉。7个小时的盘山路堪比炼狱，还好景色足够美好，不枉一路艰辛，有晕车习惯的人建议出发前半小时先吃晕车药，回来的时候我把太阳穴、手臂上贴满了晕车贴，涂了风油精吃了晕车药，不知道药效发作还是睡了一路的原因，竟平安无事。

在泸沽湖住宿的话，一般会选择住在里格半岛或者大落水，我住在里格半岛一家叫“扎西的家”的小客栈，可以用支付宝付款，老板叫西独枝。烤乳猪烤鸡随处可见，刚吃的时候味道赞极了，吃了几顿烧烤之后便不想再碰荤腥，烤鸡店老板的名字让我笑了一路，叫扎西尼玛，这才是传说中的尼玛啊！看着老板吆五喝六的样子，我就知道此人肯定不是摩梭人，我大母系社会容得下你这么外放？

关于泸沽湖的美，我真的觉得自己词穷到无法形容，形容泸沽湖的词藻多得数不清，但是这些都不足以表达出自己亲眼所见泸沽湖之美的十分之一。它就在那里，默默地等着你来，只有一句话形容它最为贴切，那就是“这里是个一辈子值得去几次的地方”，我不想用过多的词汇形容它，因为只有身临其境，你才能真正感受那个地方带给你的所有惊喜和快乐，一生中一定要去这个地方看一看，一姐倾情力荐。

租电动摩托环湖，一路开一路拍，姑娘都爱拍，不论是谁在这里都会回归最原始的单纯，连笑容都会变得纯净，一直走一直走，好像能直到世界的尽头，一不小心走到了走婚桥，定位才发现走到了四川，一不小心就跨了个省。

月亮升起来时篝火也烧起来了。抬头望，满天星斗；放眼看，满湖银光。篝火晚会上，一群摩挲女人跳广场舞，脖子和脸涂得超级严重分离，当然我也发现了一个美女。

最初的摩梭人篝火晚会是摩梭少男少女们相互表达爱慕之情的场合。如果小伙喜欢某一位姑娘，他就会在跳舞时用手指轻轻抠姑娘的手掌心，要是姑娘也倾情于小伙，就会用手指轻轻回抠小伙的手掌心。待到舞会结束，夜深人静之时，他们便相约在湖畔山坡的密林中，共吐心曲，构筑爱的小巢。

摩梭男女之间的恋爱，多是一见钟情。双方通过暗送秋波、心灵交流、互有吸引之后，男方则送点小礼品以作信物，若被女方接受，就可以直接提出约会时间。当夜幕降临，家人入睡后，男方就去女方那里借宿，翌日晨，东方将露鱼肚白，女方家人还在沉睡时，男方已悄悄回到自己母亲家里。

狂欢之后的泸沽湖显得格外的静谧，除了浪潮拍打沙滩的声响，没有一点杂乱的声音，我望着湖的尽头，常常会觉得平静的湖面下会有水怪，一不小心就会被吞掉，所以泛舟泸沽湖的时候总是异常紧张，原谅我的被破害妄想症，我是一只没有安全感的小天蝎。

我不羡慕别人说走就走的旅行，不羡慕别人随性而为，我羡慕的是那些可以选择自己生活的人，看过之后你才知道在这个世界上真的有人在过你想要的生活，他们苦中作乐，内心丰盈，享受生活，享受宿命，享受每一次的擦肩而过。陌生人，祝你幸福，还有，亲爱的大路，我想帮广东妹问下，她可以强吻你吗?

第六辑

杂——心若无念，你就赢了世界

爱一个人跟年纪没关系

这样身披铠甲的姑娘一个人这么多年一直执拗地保持着心气儿，没有输给出身没有输给生活，自然也不会输给爱情。虽然身边的我们都结婚了，但是真正过得幸福的又有几个，我们都败给了现实，败给了距离，败给了父母的唠叨，只有百合一个人铁骨铮铮，义无反顾。

闺蜜群里聊男人聊得叽叽喳喳，缇娜说她爱上了一个多金高大的大叔，丽丽说前几天家里介绍的那个公务员其实还不错，微微说她决定跟前任再尝试一下，三个女人一台戏，五个姑娘的闺蜜群堪比被原子弹刚刚轰炸完。唯独百合安静得跟慈禧太后似的。

“百合，你怎么不说话？”丽丽忽然意识到百合的安静。

几分钟后，只见百合在微信群里发了一张香艳的照片，酥胸半露，我点开放大来看，只见上面纹了一个“勇”字，我一阵窃喜，难道这姑娘开窍被一个叫“勇”的男的给收了？

“行啊百合，几天不见已经在胸部纹上男人的名字了？”我略激动，八卦热情高涨。

“快说，快说，你俩发展到什么程度了，上床没有？”缇娜显然也变得兴致勃勃，我们几个闺蜜乐得跟要嫁闺女似的。

百合继续装慈禧，半天才悠悠地回了句，“你们这群发情的母猪，太狭隘了！姑娘这么多年横行江湖，靠的就是这个勇字！”

“切，又是空欢喜一场……”闺蜜群齐声感叹。

我跟百合的相识从一场恶战开始，那时候的我们还在读小学，如果不是这一场恶战，我俩之间充其量就是被遗忘的小学同学，而这场战役让我俩成为情比金坚的好姐妹。

某天放学路上，忽然有几个女流氓窜到我面前，吓得我快要尿裤子了。

“快点，拿出零花钱来，要不然小心我打死你！”

我哆哆嗦嗦地开始翻书包，找了半天也只有5毛，还是我偷偷留下来准备给暗恋的小明买生日礼物的。

“这么少？继续找！”女流氓头子显然不甘心。

“你们这群坏孩子，快住手！”顺着声音的方向，我看见同班的百合，瞬间像是看到了救星一般。

那个时候的百合留着比男孩子还短的头发，穿着校服，在我印象里她也是个飞扬跋扈的姑娘，这个时候出现无疑如金庸小说中的侠女，我顺势跑到百合的后面。

“吆，不错啊，又来一个，两个一起，快把钱交出来！”女流氓依旧不依不饶。

“要钱没有，要命一条！”百合的话刚刚说完便冲上去和那几个女流氓厮打在一块，我没出息地吓得哇哇大哭。

没几分钟百合便被制服，双手被反抓在背后，头发被女流氓头子撕扯着。“服不服？”女流氓头子一边撕扯一边问百合。

“不服，不服，就是不服！”百合依旧跟刘胡兰似的铁骨铮铮，这么多年来我一直在想，如果我们生活在抗战时期，百合肯定是个不怕死的共产党，女英雄的历史上又多了一位百合姑娘。

此时的我哆哆嗦嗦战战兢兢地从书包的一个角落又掏出5毛钱，哭着对女流氓头子说：“你们别打她了，我把所有的钱都给你。”

“没出息的家伙！”百合瞪着大眼睛骂我一句，我只知道自顾自地哭。

或许是因为女流氓头子累了，或许是觉得再怎样也制服不了百合，于是松开她，略带赞许地说：“小妞不错啊，挺狂的。”便带着那几个贴着贴画的女学生转身离开，走的时候顺势带走了我的1元钱，我跑过去拉起鼻青脸肿的百合号啕大哭。

“哭什么哭，我还没死呢。”百合一脸嫌弃地看着我。

虽然这次恶战的结果是我们输了，但百合却赢得了流氓头子的尊重，从此之后的几年，再也没有人敢欺负我们，因为他们知道有个不要命的姑娘叫百合。而百合也成了我心中的女英雄，我觉得有她在什么都不怕了。

从大学开始，百合发生了翻天覆地的变化，开始蓄起长发穿衣风格骤变，就连原来的单眼皮也开始变成双眼皮，一路向女神的方向进军。有了女神的外表，身边自然不乏一些追求者，可是百合的感情之路似乎颇为坎坷，流水般地换了几个男朋友之后，一下就熬到了28，身边的一些朋友都已经嫁作人妇。

每逢过年过节回家，百合家的大门都被七大姑八大姨踏破，可百合就是不搭理，谁都不见，哪怕对方的条件好到堪比黄世仁。

“百合啊，你到底想要什么样的啊？”一位大妈终于忍不住问她。

“我啊，要求很简单，有眼缘就行。”百合看着电视漫不经心地回答。

“演员？可我不认识啊，哎对了，我倒认识一主持人，要不你考虑下？”大妈依旧不依不饶，坐在一旁的我笑得一口盐汽水喷出来。

我和百合曾经很真诚地谈过关于为何不相亲的问题。

“你没觉得相亲的感觉特别不爽吗？两个人就像是两块待价而沽的猪肉！”说起相亲百合一脸的义愤填膺。

“其实也不是啊，相亲只是一个途径而已，不要想得太复杂了。”我劝慰道。

“你知道冬天卖不掉那大白菜吗？放心吧，我才不会把自己搞到那种境地。”百合说这句的时候，我正跟家里介绍的一个各方面都算不错的优质男相亲，听着百合的话我要哭了，我只是想嫁出去而已，好吗？

女神百合始终在憧憬着爱情，憧憬着一个可以随时随地分享喜怒哀乐，可以畅谈私密心事，在天台上一起看星星的男人。这个男人要具备所有优质男人的一切特征，温暖、睿智、儒雅、浪漫、身材好、会做饭、不抽烟，照顾自己到无微不至，对自己热情难耐，对别的姑娘一律冷若冰霜。

每次听百合这套狗屁不通不合逻辑的理论，我都笑到抽筋，这样百分百的男神不是生活在外太空就是生活在韩剧里，现在的男的长得丑的都在拼命约炮，难道你还要求帅成男神的男子默默地宅在家里看文艺片？

百合跟我们这群朋友最大的不同就是在我们所有人都向生活低头的时候，她依然拥有着一颗少女心，且越挫越勇。

31岁的时候，百合遇见了一位23岁的小男生。我们一众朋友都为她的行为惊讶得闭不上嘴巴，纷纷劝她回头是岸，不要在小男生身上浪费时间，可她却一副不为所动百毒不侵的样子。

“哎呀，百合，只有明星才敢谈姐弟恋，你不是真把自己当王菲了吧？”此时的丽丽早已儿女双全，发福的三层肚隔着衣服仍然清晰可见。

百合仍然把所有人的劝告当作耳旁风，31岁的年纪勇敢地牵着小男生的手活跃在这座城市，男孩面庞清秀，微微一笑的时候嘴角还有两个小酒窝，干净腼腆。而百合一头大波浪，六七年的职场生涯已经把她打磨成雷厉风行的女魔头，两人走在一起像是两个世界的人，可两人依旧我行我素。

“你喜欢他什么呀？完全一副还没长开的小男生样子。”我忍不住向百合抱怨。

“我也不知道啊，跟他在一起的时候，我觉得特别开心，觉得天是蓝的，灯泡是亮的，太阳是五彩缤纷的，时间都过得飞快，甚至连喘息的时候空气中都有花香的味道，哪怕在这一刻死去，我也愿意。”不知道什么时候开始，百合已经化身为诗人，虽然这段描述狗屁不通，但不可否认的是，我被感动到了，开始在心底默默地祝福我亲爱的姑娘，能一直这样幸福。

似乎是上帝开的一个玩笑，在百合跟小男生在一起的第2年，小男生在百合家和一个姑娘鬼混，被百合抓了个正着。百合像是一头发怒的狮子，暴怒地摔光了家里所有的东西，将男生的东西从12楼一件件抛下，房门紧锁，只有不断被抛下的物品，像是在跟曾经的那些美好做勇敢的告别。

等她真正平静下来的时候，已经是1个月后，身形枯槁的百合约了我们几个发小去海边。夜晚的大海格外的宁静，海浪拍打在石头上，一声又一声，我们几个闺蜜一人拎着一罐啤酒陪百合祭奠她死去的爱情。

“这男的真他妈不是东西！”还是Tina先打破了沉静。

“不是东西。”众人接茬道。

百合披着一头长发如一座美人鱼雕像一般，只有我知道，那黑发下已经开始白发丛生。

“百合，有那么多追你的男的，为啥你就不愿将就下？”我们都知道丽丽说的是谁，百合有个忠实的追随者，条件不错身高一米八几，每逢过节必有鲜花送到百合公司的楼下，可百合就是不答应。

“唉，你爱的人不靠谱，爱你的人你又不答应。”倒是微微一语中的。

“我他妈也想好好谈恋爱啊，可是我就是想找一个我爱的人，可是为什么会这么艰难呢？”百合像是把积攒了多年的委屈一股脑地喊出来，这是我第一次看见歇斯底里的百合，而不是那个对任何事情都无所畏惧的姑娘。

百合站起身来，扔下手里的啤酒瓶子，对着深夜大声狂喊：“你在哪里呀？亲爱的，我在等你你知道吗？”身边的姑娘看着百合的样子哭成一团。

我忽然想，这样身披铠甲的姑娘一个人这么多年一直执拗地保持着心气儿，没有输给出身没有输给生活，自然也不会输给爱情。虽然身边的我们都结婚了，但是真正过得幸福的又有几个，我们都败给了现实，败给了距离，败给了父母的唠叨，只有百合一个人铁骨铮铮，义无反顾。

想起了陈粒《历历万乡》中的歌词：

若有天我不复勇往，能否坚持走完这一场。
踏遍万水千山总有一地故乡，
城市慷慨亮整夜光，如同少年不惧岁月长，
她想要的不多只是和别人的不一样。

每个人都有自己的坚持，都有自己的喜欢，而这一切都跟年纪没有关系，愿胸口上带着勇字的姑娘，能够继续披荆斩棘，百毒不侵。

关于变美这件事儿

当今社会，看的所谓时尚的东西多了，反倒觉得时尚这种东西虚无缥缈起来。打开电视，各种时装秀、时尚买手、穿衣大咖满眼都是，商业化的包装显得极其刻意。

只是姑娘们还记得穿衣打扮的最初目的是为了什么吗？难道不是为了更好地发现自己的美，找到自己的风格吗？有朝一日我们在不断地模仿与追寻中终于找到了属于自己的时尚之道，或许那时候我们也终于明白了自己应该活成什么样的人。

大中午去楼下工行准备办张新的银行卡，银行大姐死活都说身份证上的跟本人不是一个人不给办理，还人身攻击地说："您是不是整容了？"我说"我哪儿不一样"，大妈说"您哪儿哪儿都不一样，尤其嘴角的弧度"。遇上这么个奇葩，我也算是开了眼界。

顺着她的思路走，我想我是不是变美了？肯定是这样，要不然大妈怎么会不认识我？这样想，我整个人觉得心里舒坦多了，开心地回家拿其他可以证明我身份的证件继续办理。

伟大的人生导师马克思先生曾经说过这样的话："一个人只有具备审美能力，才能在艺术当中活得享受。"我这样异常有悟性的人，瞬间就明白了其中要阐述的真谛，比如美丽的壁垒。

我承认我对美女有着异常敏锐的观察力，大街上迎面走过来一个妹子，我定然不负众望地观察她的外貌、穿着、发饰，你可以把这理解为美女与美女之间的惺惺相惜，其实更准确的解释应该是女屌丝努力奋进朝女神进化的心。看见美女想偷拍，看见丑的皱眉略过，观察的多了，自然也就发现了一些问题。爱美之心人皆有之，大家都喜欢为了美丽买单，但是我想说的一点是，为什么有的人花钱了甚至是花大价钱了，却把自己……打扮成那副样子？

泡面头、锥子脸、粉底墙、劣质假睫毛、大街上诡异的烟熏妆、让人觉得惊悚的杀马特发型还有夜店风，这真的美吗？泡面头就算是不费钱也费时吧，至少需要在某高端造型师手下捯饬一两个小时，难道时间不是金钱？至于整容削骨我觉得可以理解，我也嫌弃自己的大国字脸，但是您不顾美学观念的切削成锥子居心何在，只为了日后开瓶盖方便？还有那劣质的假睫毛和诡异烟熏妆，您确定自己出门不是为了吓唬宝宝？可是，您确实吓到本宝宝了。

再说说穿着，又是一年盛夏时，走大街上，连体裤、一字领、高腰露脐装、一字带凉鞋，时尚时尚又时尚，看得我眼花缭乱。关于穿什么一直是我比较头疼的问题，朋友上次去我家，看着我满柜的衣服说，“从你这堆衣服上看出你还保留了当年的杀马特气息”，听到这句我已哭晕在厕所。

昨天看到一个女孩穿露背吊带连衣裙，仅靠胸前的两条肩带支撑的胸部，三分之二都在外面，真是不优雅，即使再性感，再吸引男人目光，但是仍是恶俗的，并不觉得美。

从理论上来说，穿衣大概分为三个层次：第一层次，看起来美观的，这是最基本的；第二层，适合自己的，如果你长着一张小清新的脸蛋，穿着老气横秋的华服，看起来不仅不好看，而且显得眼光很差；第三个层次，也就是穿衣的最深境界，穿出自己的风格与个性来。小个子小短腿的先天条件不足，穿衣之路漫漫其修远兮，继续哭晕。

后来我终于明白了一个残忍的真理，那就是美女穿她妈妈的衣服也是美女，丑女捯饬N个小时还是丑女，原谅我的直白。今年夏天阔脚裤的复古风又流行起来，如果您足够高足够瘦，阔脚裤搭配一件简单的T恤，复古又美丽。但是，问题的关键来了，如果您没有腰，腿不够长，胳膊粗得拿不出手，我奉劝您早点离阔腿裤远点儿，比如我这样先天不足的小短腿，是绝对不会让自己跟阔腿裤搭上半毛钱关系的。

很多姑娘常常会说，我室友说这件衣服不好看，我男朋友嫌弃我皮肤黑，我腰好粗，我腿也不够长，为什么隔壁姑娘穿衣服那么美？我这件衣服是不是不符合今年的流行呀，等等。我想说的是，对于时尚这件事情，每个人有每个人的理解，时尚经说今年流行大红色，您黑得跟包爷爷似的，继续红袍加身，这不是在作死是在干吗。所以您不要试图努力地去改造一个洗剪吹，除非您能把洗剪吹从里到外改良一遍，也不要试图让一个杀马特来理解您，最后的结局必然是非主流们用他们匪夷所思的价值观改造了您。一千个人看哈姆雷特，就有一千种理解，至于美丽这件事情，别人欣赏不来就不要再强求他们欣赏了，别人欣赏不了你也无需改变。

常常有些爱美的姑娘照着攻略来打扮自己，什么样的上衣搭配什么样的裤子，什么样的裙子搭配什么样的帽子。其实攻略这种东西，随便看看就行了，千万别全信。攻略这种东西永远只是美丽的入门，美女和气质美女差了一个档次，而气质美女跟女神差了又不是一星半点。

至于究竟差在了哪里，举个例子。前段时间看唐嫣姑娘接手紫霞仙子，剧照一出着实吓坏了本宝宝。那华丽丽的大美瞳不仅容易让人跳戏，还会给人一种笨手笨脚的感觉。而朱茵演的紫霞仙子，举手投足间皆透露着一种灵气，这种东西是藏在骨子里的，哪怕您把自己打扮成同款，那充其量也只不过是cosplay，永远无法将经典超越。

与其有这番功夫，不如好好想想什么才是适合自己的。所以美丽并不是一成不变的日系杂志，也不是蘑菇街、美丽说上靠P图才能活下去的模特，不是大墨镜和拼了老命拉长的大长腿，您把所有的物件cosplay下来，也不一定是那种感觉。所以有那么多姑娘，每次买完东西之后，就疾呼跟想象的不一样，不一样就对了，一样才奇怪。

建立起自己的审美观，可以从模仿开始，从攻略起步，这都没有问题，有问题的是接下来您怎样通过模仿找到自己，如何尽量地用外在来阐述自我，这才是值得思考的问题。

这个世界是看脸的？NO，这个世界是看气质的。

芒果台制作《偶像来了》，请来了久违的女神林青霞，60岁的模样仍旧风华正茂，近几年写作出书，模样气质修炼更胜一筹。我特别喜欢她，尤其是35岁之后的样子，在徐克时代，可以说是英姿飒爽、阴阳合一，举手投足之间皆是风情，这样的女子难道仅仅是依靠新布料、流行色和某某style就能俘获广大影迷心的？呵呵，太天真。

还是拿林青霞说事儿，昨晚上看见天涯有人发帖子“男人婆二人组难道只有我一个人觉得她们长得丑”，下面配图竟然是教主林青霞和小倩王祖贤。呵呵，我顺着点开楼主的头像，以为这得是有多么颠倒众生的容颜才敢发布这样的评论，打开之后瞬间释然了。继续往下翻看，苟同的人数不在少数，什么“哎，林青霞到底哪里好看，明明就很丑啊”“小倩也很路人，好吗”……

我想要是美人儿奥黛丽·赫本活在今天，应该也会有人在天涯上发帖“觉得奥黛丽·赫本丑的进”“难道只有我一个人觉得奥黛丽·赫本丑吗”，所幸，奥姑娘活在了我们的回忆里，代表了引发我们集体怀旧情感的岁月，所以才避免了被毒舌的厄运。这验证了马克思老人家最初的那句话，“一个人只有具备审美能力，才能在艺术当中活得享受”。我通俗地解释就是，一个人拥有杀马特的水准，看谁都是杀马特，一个人的审美能力，决定了她怎样塑造自己，菊花头觉得菊花头美，锥子脸觉得锥子好看，仅此而已。

而今社会，看的所谓的时尚的东西多了，反倒觉得时尚这种东西虚无缥缈起来。打开电视，各种时装秀、时尚买手、穿衣大咖满眼都是，商业化的包装显得极其刻意。

只是姑娘们还记得穿衣打扮的最初目的是为了什么吗？难道不是为了更好地发现自己的美，找到自己的风格吗？有朝一日我们在不断地模仿与追寻中终于找到了属于自己的时尚之道，或许那时候我们也终于明白了自己应该活成什么样的人。

谨以此文，献给跟我一样在爱美道路上不断前行的姑娘们，且行且摸索吧。

爱过就已足够不是吗

爱情有时候不是你勇敢就能得到的，年少的时候我们总是以为自己爱得疯狂和洒脱，或许只是因为在人群中看了对方一眼，便倾尽全力地勇敢追逐，努力地想去立下一生的誓言，但是现实往往又是如此的残酷，那些想要相濡以沫的人最终却选择了相忘于江湖。但是我们仍然不能否定那些曾经炽热的感情，在那些勇敢的日子里，我们真真切切地爱过，时间会让心底的疤痕结痂，那些曾经伤害过我们的，只会让我们变得更加强大。

八月的大理，天非常蓝。

遇见那个姑娘的时候，我正准备爬苍山，我们暂且叫她小C姑娘吧。大理的八月气温不高，但是晴天的时候阳光很刺眼，我放弃索道，内心有个略带矫情的声音呼喊道，我要用自己的双脚丈量苍山的每一寸土地。年轻人的自信与豪言壮语，我一样也不差。

买票的时候售票的大姐用略带狐疑的眼光看着我说："姑娘，你这么瘦小的体格，确定不坐缆车上去？"我微微一笑，那个时候的我是对自己过度自信的："没事没事，我虽然瘦小但是体力不错。"一个小时以后，我就为自己吹下的大牛开始后悔，感觉自己浑身开始冒汗体力不支，心里的退堂鼓已经开始响起。正当自己懊恼不已的时候，忽然发现前面不远处有个姑娘穿着冲锋衣，身上背着一个大大的书包，她爬得似乎也略有些吃力，但每一步看起来都很扎实。

似乎是看到了同病相怜之人，我试图慢慢追赶上她，差不多用了快半个小时，我终于走到了她的身后。姑娘模样很清秀，皮肤黝黑，汗水顺着她的脸颊滴滴答答地落下来，我觉得姑娘个子小小内心怎么拥有这么强大的力量，有些敬佩便主动攀谈起来。

"姑娘你好，你知道我们还有多久才能到达山顶吗？"姑娘明显一怔，似乎我在问一个很可笑的问题。

"我也不知道，我从来没关心过到达山顶的问题。"姑娘看了我一眼答道。

很明显这不是我想要的答案，更重要的是我有些好奇，爬山不关心爬不爬得到山顶，那关心什么呢？于是便追问道："你爬山不爬到山顶吗？"姑娘看我认真的表情似乎被逗乐了，说道："多看看沿途的风景不比爬上山顶更有意思吗？"哈哈，好像是这样，我瞬间有种醍醐灌顶的感觉。

"你是做什么工作的？"

"你是一个人旅行吗？"

“哇哇，你那么瘦小背那么大的包包好像蜗牛哦。”

两个身处异乡的姑娘总是很容易熟络起来，我总是喜欢把我的故事滔滔不绝地讲给遇见的人听，这次也不例外，但是当我听完这个故事的时候，我发誓我以后真的可以闭嘴了，从她张开嘴说的第一句开始。

“我是离婚逃跑出来的。”姑娘第一句话就着实震惊了我。

她似乎也感受到了我的惊讶，但后面的故事情节更让人惊讶。

小C姑娘和雷子的相识源于烧烤摊的一次打架斗殴，要不是隔壁掀翻了桌子摔了盘子吓哭了孩子，小C姑娘和雷子可能永远都不会相识。

两桌地痞小流氓打完架之后就走了，剩下满地的狼藉，老板娘搂着孩子抹眼泪。小C姑娘看不下去，刚想冲上去安慰下老板娘，便看见一个男的一跃而上，扔下几百块钱，对着哭泣的老板娘喊：“他们的单我买了。”就在那一瞬间，小C姑娘无可救药地迷上了这个男人，不知道是因为雷子的英雄行为还是缘分这种东西就这么奇妙，小C一下子将丘比特之箭射向了雷子，我不知道丘比特的这支箭是不是罪恶之箭，因为那个时候的小C已经有一个青梅竹马的男朋友了，我们简称为H先生。

小C说跟H先生认识二十几年，从来不知道什么是心动。两个人从出生的那一刻起双方父母就定下了娃娃亲，在一起似乎是水到渠成。直到遇见雷子的那一瞬间，小C才知道，原来这世界上真的有怦然心动的这一瞬间。小C跟H先生说分手，H先生不同意，小C妈妈更是以死相逼，但这仍然无法阻碍姑娘分手的决心。

但是雷子似乎对小C并不是很感冒，都说女追男隔层纱，但是小C和雷子的的这层纱貌似隔得有点厚，这一追便是大半年。这半年来，姑娘也算是倾尽全力了，下雨天送伞下雪天送棉衣，加班送宵夜早上买早点，雷子喜欢摇滚，有摇滚明星的演唱会，小C总是求爹爹告奶奶地搞到票……但是雷子总是翻来覆去那一句："小C，其实我觉得你更像我妹妹。"小C身边的那些小伙子气得牙痒痒，但是雷子就是不肯乖乖就范，直到有一天，小C拉着雷子去逛街，一个骑单车的小伙子不知道是手闸失灵还是什么，一下冲向两个人，小C居然本能地推开雷子，自己撞了上去，剩下一边错愕不已的雷子，从那天开始，小C正式成为雷子的女朋友。

"我知道我这样不好，但是，遇见雷子之后我才知道什么是爱一个人，那是一种飞蛾扑火般的情感。我不想一辈子就这样在将就中结束。"小C的心情伴随着回忆跌宕起伏，说到这里我能感觉到她情绪的明显波动。爱情也许就是这样，大概是没什么道理可讲的。

"雷子是个诗人，他常常在博客里写诗。"说起这些小C的脸上仍然有些小骄傲，说着将手机递给我，打开是"诗人"雷子的口水诗："姑娘，你的眼眸如此深邃，姑娘，我爱你可是我不能跟你在一起。"

看到这句我真的要忍不住了，这诗人是小学毕业的吧。

俩人相恋一个月的时候去民政局扯了张结婚证，从此之后便踏入了围城生活。俩人租了一套两居室的大房子，养了一只叫呆比的二货哈士奇狗和一只叫三三的小母猫，一家四口手牵手准备一起步入小康。但是这样的幸福生活并没有持续多久，半年之后各种争吵随即开始爆发。

每次吵架，呆比总是貌似焦虑地围着两个人转，而小母猫三三则一副事不关己的样子，永远自顾自地玩着自己的毛线球。终于在一个月黑风高的夜晚，雷子和小C爆发了前所未有的激烈争吵，而“离婚”这句话说出口的时候，时间好像静止了一般，在沉默中小C的一声号啕大哭瞬间划破了短暂的安宁。

接下来离婚的财产分割问题开始提上日程，两人前所未有地相敬如宾，雷子那辆二手马自达由于是婚前财产，小C主动放弃，房子是租来的没有什么可讨论的，直到分到呆比和三三的抚养权上，两人又产生了严重的分歧。

“你他妈还是男人吗？一条狗一只猫你也跟我抢？”小C大喊。

“神马？我跟你抢？我跟他俩的感情是你跟他俩能比的吗？你下班后遛过呆比几次？你他妈给三三铲过屎吗？”雷子也不甘示弱。

“切，我还告诉你，雷子，他俩我要定了！在我心里面他们比你重要多了！”话刚说完，小C抱起正在玩毛线球的三三牵起呆比就飞奔起来，小C以为雷子肯定会追出来，等跑出小区的时候，小C才发现自己没穿鞋子，凌晨的灯光格外的昏暗，呆比累到气喘吁吁，三三一脸懵懂，小C回头找雷子，才发现身后一片漆黑空无一人。

小C在闺蜜家一住就是三天，三天后小C回家，发现家里雷子的东西已经搬空，小C怀里抱着三三，左手牵着呆比，看着空荡荡的房间，房间里还有争吵过后的痕迹，物件被丢得乱七八糟，曾经心爱的花瓶在争吵过程中被摔得粉碎。看着眼前混乱的场景，小C心塞得想哭，对着呆比和三三幽幽地说：“你们爹不要你们了，还嘚瑟。”

接下里的一个月里，雷子再也没有回来过，小C夜夜笙歌，喝多了就抱着呆比和三三痛哭，倒是听说雷子过得还不错，闺蜜发微信说，看见雷子跟一女的逛商场试香水举止暧昧。

“妈蛋，劳资在家夜夜以泪洗面，这婚还没离呢！”小C抱起三三牵上呆比一口气打车到雷子的公司楼下，世界上就有如此巧合之事，小C看见雷子那辆破马自达上走下来两个人，一个是雷子，而另一位是个看似清纯貌美的年轻姑娘。小C的脑袋瞬间炸开了锅，令人意想不到的是呆比嗖地一下跑过去，对着姑娘就是一口，一声剧烈的惨叫随之而来。

“呆比，你个bitch，你他妈怎么跟你妈一样不明事理！快他妈松开！”呆比就是不松口，直到小C喊了句“呆比”，大狗才悠悠地跑回小C身边。

“小C，你他妈是不是有病啊！带他们来公司干吗？”雷子怒气显然已经被点着。

“妈蛋，雷子，咱俩还没离婚呢，你他妈就跟人在这嫖娼？”

“谁他妈嫖娼？这是我同事琳达。”

“好，呆比、三三，这周你俩就跟着你爸，谁他妈上你爸床，咬死她挠死她！”

两人继续争吵不断，直到身边的姑娘弱弱地喊：“能不能先送我去医院，你们再吵。”雷子一脚油门，载着姑娘消失在路的尽头，小C

蹲下身子眼角的泪水早已翻涌而出，呆比努力伸着脖子舔小C的手臂。

两人离婚手续也未办，雷子便开始玩失踪，电话打不通短信没人回。小C常常以泪洗面，当小C回忆起这段时光的时候，我还是可以隐约看到她眼角的泪水，而那段时间，小C把自己关在家里，不见任何朋友，陪伴她的只有三三和呆比，小C坚信，雷子会回来的。

半年后的某天，雷子回来了，前所未有的狼狈，虽然只有半年的时间，雷子像是老了好几岁，整个人显得黑瘦且无精打采，小C看着雷子有种说不出的酸楚感。

“回来了？”还是小C先打破了沉默。

“嗯……”雷子一言不发，雷子试图用手安抚身旁的呆比，呆比却一阵狂吠，好像早已忘记了这个男主人，雷子有些尴尬。

接下来的很多天，两人继续无言，小C陆陆续续在朋友那里听到了雷子的传闻，说雷子爱上了一个有夫之妇，而那女的却骗光了雷子身上的最后一毛钱后离开了，雷子没办法才回来找小C，小C想都不用想，那个骗子是谁。小C感觉到一阵前所未有的恶心，扶着墙角狂吐起来。

第二天，小C便收拾行李买了去大理的机票要离开那个所谓的家。

“小C，我知道我对不起你，但是我会用我的余生竭尽全力去爱你，我求你看在呆比和三三的份儿上再给我一次机会吧。”雷子的声音里带着些轻微的哭腔，小C看了一眼雷子，继续默然，头也不回地走了。

飞机起飞，在三万英尺的高空，小C像是做了一个冗长的梦，梦中雷子的面容清晰依旧，那些过往的岁月像是回放的电影，一幕又一幕，下雨天送伞下雪天送棉衣，加班送宵夜早上买早点，直到最后小C把自己溺死在痛苦中。

这是小C姑娘和雷子的爱情故事，我已全部听完，看着身旁这个身材弱小背着大包的姑娘，我竟不知道该如何劝慰。

“你会原谅雷子吗？”我问道。

“我不知道，可是我舍不得呆比和三三，我给自己半年的时间仔细考虑，我对自己说，等我爬完云南所有高山之后，我就回去。”小C的眼睛里闪着亮光，而我也读到了答案。

爱情有时候不是你勇敢就能得到的，年少的时候我们总是以为自己爱得疯狂和洒脱，或许只是因为在人群中看了对方一眼，便倾尽全力地勇敢追逐，努力地想去立下一生的誓言，但是现实往往又是如此的残酷，那些想要相濡以沫的人最终却选择了相忘于江湖。但是我们仍然不能否定那些曾经炽热的感情，在那些勇敢的日子里，我们真真切切地爱过，时间会让心底的疤痕结痂，那些曾经伤害过我们的，只会让我们变得更加强大。

那些足以让我们温柔的理由

你们曾经亲密无间，你们了解彼此身上所有的优缺点，你们可能会给彼此在心里留一个位置，你可能还是会不经意地提起他，想起跟他有关的故事。说起他的时候，你哈哈大笑："这个奇葩……"你们之间经历过很多次的彼此试探、浅尝辄止的询问，最后的结局还是分道扬镳。然而你深深地知道，你心里可能还给这个人留着一个位置，只是你们真的不合适。

姑娘饭饭身上有股疾风知劲草的乐观劲儿，这点让我觉得特佩服。

饭饭在北上广这样的城市漂泊过几年，我总觉得她是生命力极强的女子，扔到人群里能迅速地跟人熟络，聊到不亦乐乎。最让人觉得神奇的是，她似乎是一个天生的乐观派，任何悲惨的事情从她嘴里说出来，都有一股搞笑的成分。包括自己曾经的爱情故事，她也会拿出来自我调侃一番。

饭饭的前任我不知道叫什么，在她嘴里一直以“奇葩”来称，我们也暂且称其为奇葩吧。饭饭每次提起他总是以无限温柔的“我们在一起7年”来开头，如果你认为饭饭要悲悲戚戚地讲一个美丽忧伤的故事就大错特错了。

饭饭和奇葩认识的时候还在读高中，饭饭曾经给我看过她和奇葩高中时候的合影，两个非主流一起45度仰望天空，饭饭额前一大片厚厚的刘海，戴着一副超级无敌厚的黑框眼镜，奇葩的脸上满是青春痘。后来的照片里俩人逐渐走向正常化，尤其饭饭在变美的道路上越走越远。

“你是不是整容啦。”我忍不住吐槽。

“你才整容啦，你全家都整容啦。”饭饭针尖对麦芒。

关于这两个非主流的爱情，和其他狗血的青春小说里无异，让人惊讶的是，居然是饭饭追的奇葩哥。某节体育课，饭饭坐在操场上，看见了不远处正在打篮球的奇葩哥，然后对其一见钟情，每每说起这一段，饭饭的脸上都闪着异样的光芒。其实，我想说的是，“饭饭，你是看上非主流哪点了？”

两个人的恋爱桥段似乎也得到了琼瑶阿姨的真传，每天一起上学放学，下雨的时候共撑一把伞。不知道是雨下得太大，还是奇葩哥不知道怎么照顾姑娘，奇葩哥几乎每次都让自己湿透，而身边的姑娘也被淋湿了一大半，可俩人还是觉得无比甜蜜。第二天上学，有同学羡慕地说：“饭饭，你男朋友对你可真好，昨天看见他送你回家，衣服都湿透了。”饭饭一脸幸福，只是依旧嘴硬地说：“谁要他淋雨了。”

“哎……你等等，你说得他这么好，他为什么叫奇葩……”这个问题一直萦绕在我的脑海中，我忍不住弱弱问道。听了饭饭后面的话，我觉得果然是人如其名。

第一，奇葩哥喜欢跟女朋友借钱，哪怕分手之后的某天，当前任的电话响起，饭饭心里一阵莫名紧张，电话那端粗犷的声音响起，“能不能给我妈充点话费”，饭饭一阵吐血，心想充你个大头鬼，但转念还是乖乖地给奇葩妈充话费。奇葩哥家庭条件还不错，只是不知道为啥，永远没钱。

第二，很多恋人分手后常常老死不相往来，而奇葩哥和饭饭偶尔还会打电话联系。

“结婚了吗？”

“还没呢，你呢？”

“没有。”

“怎么还不结？”

“关你屁事。”

果然够奇葩。

第三，你永远无法理解奇葩哥的世界，哪怕你真的试图去理解。跟饭饭在一起的时候，他常常在考试的时候，给饭饭发诸如“快告诉我联合国五大常任理事国是哪儿个”这样貌似读书人都应该知道的问题，曾经有一度饭饭怀疑他当年是如何考上大学的。结果也很奇葩，别人本科四年，奇葩哥念了六年也没通过毕业考试，最后不了了之地结业。

第四，奇葩哥和饭饭每次吵架都能为自己找到冠冕堂皇的理由，所以结果就是跟饭饭在一起七年，每次吵架都被归结为是饭饭姑娘的错。

最后，关于饭饭跟奇葩哥分手的原因可以简单地解释为一件皮草引发的血案，这样说你可能一脸迷茫，皮草跟分手有什么关系？在饭饭的描述下，我大致把事情的经过进行了还原。饭饭是个购物狂，而奇葩哥是个控制欲狂。奇葩哥和饭饭约法三章，买任何东西都要报备一下，这样就避免了饭饭乱买东西。然而，结果是，饭饭屡次未报备，还自顾自地买了一件皮草，这完全触碰了当时约法三章的内容，然后奇葩哥生气了，然后奇葩哥说："我觉得我们不合适还是分开吧"。饭饭也觉得委屈至极："我自己赚的钱为什么还要找别人报备？我还有没有点儿自由啦？"于是俩人一拍即合，七年的感情付诸东流。说实话，这是我除了"我过了四级你没过，所以我们分手吧"之后，刷我三观的分手新理由。

细数奇葩的种种点滴，我不禁佩服饭饭能跟他在一起七年的勇气，这需要怎样无坚不摧的内心啊。饭饭说："不是啊，尽管他是一个奇葩，但是他对我还是很好的。异地恋的那段时间，他为了看我一眼，常常要坐七八个小时的火车，然后赶回去；他觉得我晚上喝水不方便，特意买了奶瓶给我，说这样我就可以不用半夜起床倒水喝了；每次我们出去玩，他都特别照顾我，永远让我走在马路的内侧；我姨妈期间脾气特别大，他都忍了……"饭饭还说，"这么多年，我遇见了很多男孩，唯一让我心心念念的便是奇葩哥，我觉得他很有味道，我仍旧喜欢这样的类型。”说起这些，饭饭一脸温柔。

既然这样为什么不和好呢？

每回我这么说，饭饭总是一脸“你是在逗我么”的鄙夷感。

“我年纪不小了，我要找个靠谱的人结婚。”然后饭饭果然谈了新男友，和其中的一位差点结婚，只是依旧没结成。不断结识新人然后变成路人，渐渐失去联络，开始有各自的生活，一如从未出现过。唯独奇葩哥，仍旧在她心里占据着特殊地位；唯独奇葩哥，是她嘴巴里永久的常客。

在饭饭的朋友圈里，奇葩哥是被屏蔽的那位，所以饭饭看不到他朋友圈的更新，但是仍旧会不定期地点开看。我说，你这不是多此一举嘛，反正都是要看，为什么不第一时间看？

“不一样好吗？万一是我不想看的内容，我会觉得不开心。”她神一般的逻辑我也是理解不了，饭饭也只是看看，毫无痕迹地浏览，原来分开之后，连点赞都变成了一件极其奢侈的事情。

“其实，他要是把那些奇葩行为都改了，我还是愿意跟他在一块……”前半句刚说完，后半句又马上否定了自己的想法，“不行不行，我怎么可以这样。跟他这么奇葩的人结婚，万一我给宝宝买纸尿裤没有报备，是不是会跟我离婚啊，不行不行，那样我孩子就没有爸爸了。”我从来没有看见她为感情的事情哭闹过，每次脑袋不清楚，都能用理智把自己拉回现实，所以我一直都佩服她的坚强洒脱。

当我们提起曾经，饭饭曾经坦白地跟我说，“其实我心里最喜欢的人还是奇葩，因为他我觉得跟其他人在一起都是凑合。”我瞬间明白了饭饭为何跟即将领证的那位谈崩了，我从来没有想过在我眼中坚强独立、无坚不摧、没心没肺的姑娘，居然也没有逃过“长情”。

或许这个世界上真的存在这样一种关系，它既不是亲情也不是友情更不是爱情。彼此之间的联系仅通过朋友传言或者窥探朋友圈，这零星的消息却不间断地提醒着自己，在这个世界上仍旧有那么一个人存在。

但是为何你们曾经亲密无间，你们了解彼此身上所有的优缺点，你们可能会给彼此在心里留一个位置，你可能还是会不经意地提起他，想起跟他有关的故事。说起他的时候，你哈哈大笑：“这个奇葩……”你们之间经历过很多次的彼此试探、浅尝辄止的询问，最后的结局还是分道扬镳。然而你深深地知道，你心里可能还给这个人留着一个位置，只是你们真的不合适。

为何，他曾经那样伤害过你，你想起他的时候，还是会觉得无限温柔，会觉得有一束阳光照过心上，遇上奇葩，竟也有了长情的理由。

写给未来的你

大冰叔叔曾经说过："要生就生个女儿，往死里疼，把她打扮得毛绒绒的，抱在怀里扛在肩头，教她画画给她弹琴，想听多少睡前故事都给她讲，养只小狗陪她一起成长，带她环球旅行走遍天涯，谁欺负她砸谁家玻璃。不苛求她有多优秀，只愿她健康和善良，有一段糊涂而快乐的童年时光。"这也是妈妈的愿望，我愿意和每个父母一样，努力为你提供最好的生活。至于大冰叔叔是谁，在你认字的时候，妈妈会给你看他亲笔签名的书，会带你去丽江的大冰小屋，听已经变成老冰的叔叔继续弹吉他唱民谣。

亲爱的小夏天女儿：

决定给你写这封信的时候，我正在听李志叔叔的《不多》，妈妈是李志的小歌迷，以后妈妈再向你详细地推荐李志叔叔的歌，当然前提是你也觉得不错。而《不多》这首歌是李志叔叔结婚后的第一张专辑，这首写给女儿多多的歌曲，让我忍不住地想写点东西给你。

至于为什么是写给亲爱的女儿，因为我一直坚信我会生一个女儿，一个洋娃娃般的女儿。妈妈曾经任性地说过，如果生个儿子，我会义无反顾地送去少林寺当小沙弥。

妈妈叫“一一”，大概是外婆跟外公年轻时候遛弯时随口想到的，按理说你应该叫“二二”，养只狗狗叫“三三”，但是我还是更愿意叫你“夏天”。夏天是我能想到的最温暖的季节，妈妈和爸爸相识在夏天，我美好的旅行全部在夏天，第一本书出版也是在夏天，青春的回忆在夏天，在众多以食物命名的小宝贝中，我坚信你的名字会显得格外小清新，妈妈才不要叫自己的女儿“盐水鸭”“臭豆腐”呢。哈哈，等你来到这个世界你就会知道，妈妈是个通情达理且幽默的妈妈，虽然取名字这件事情妈妈擅作主张，我能想象出当妈妈盛气凌人地告诉爸爸，你的小乳名叫夏天且必须叫夏天的时候，你爸爸无力反击只能接受的可爱模样。至于大名叫什么，我想这是一个大工程，需要经过爷爷奶奶外公外婆的各种审批，所以可能耗时又费力，所以你要耐心地等待。

大冰叔叔曾经说过：“要生就生个女儿，往死里疼，把她打扮得毛绒绒的，抱在怀里扛在肩头，教她画画给她弹琴，想听多少睡前故事都给她讲，养只小狗陪她一起成长，带她环球旅行走遍天涯，谁欺负她砸谁家玻璃。不苛求她有多优秀，只愿她健康和善良，有一段糊涂而快乐的童年时光。”这也是妈妈的愿望，我愿意和每个父母一样，努力为你提供最好的生活。至于大冰叔叔是谁，在你认字的时候，妈妈会给你看他亲笔签名的书，会带你去丽江的大冰小屋，听已经变成老冰的叔叔继续弹吉他唱民谣。妈已经在这个世界上生活了28年，我恨不得将我知道的一切美好的事情告诉你，请让我理顺下思路，请不要嫌弃我唠叨。

关于女孩子的颜值

首先，我想跟你讨论的是女孩子颜值的问题。听了有没有觉得妈妈好肤浅，可是你妈妈以28年的生活经验告诉你一个残酷的现实，这不仅是一个看脸的世界更是一个看气质的世界。长得好看的姑娘，从一出生就会有人捏着她的漂亮小脸蛋说，好漂亮的丫头，等到读书的时候会讨老师的喜欢，青春期会有无数的男孩子排着队为她耐心解答数理化的难题，读大学的时候会有更广阔的舞台让她变得更加熠熠生辉，找工作时拿到offer的概率也会大大增加。所以我希望你一出生就是个绝世美女，当然你爸可能会拉低你当美女的概率，但是亲爱的夏天你放心，妈妈会尽量地多补充维生素ABCDEFG，尽量让你不输在起跑线上。

女孩子长得漂亮是优势，活得漂亮才是本事。所以，妈妈希望你不仅是一个花瓶，更是一个内外兼修的姑娘，当然这跟后天的修炼有很大的关系，腹有诗书气自华，读书的姑娘跟不读书的姑娘，一眼就能辨别出来。所以在你尚未确定自己喜欢什么的时候，妈妈先暂且把你想象成一个爱读书的姑娘，因为这样你就能读到妈妈写的书，了解妈妈在你这个年纪的时候在想什么，爱过什么样的人。说多了也是私心，亲爱的女儿，我想成为你的偶像，成为你前行路上那颗最亮的星星。当然，如果有天，你找到了自己终其一生追寻的事业，妈妈绝对会举起双手赞成且全力支持，就像李志叔叔唱的那样，“多多你不要怕，我不会逼你学吉他”，亲爱的宝贝，我也不会逼你做任何你不喜欢的事情。

关于上学这件事儿

妈妈上学的时候，出现了一个写文章很好的男孩子，叫作韩寒，那是个会飙车会写文章会拍电影会唱歌的男孩子，现在已经是一个成熟稳重的大叔了，对了韩寒大叔家有个可爱的女儿叫小野，妈妈希望你的颜值跟她一样就可以了，那样人家也会叫我国民岳母（偷笑中）。

为什么提起韩寒大叔呢，因为在妈妈读书的时候，他提出了对应试教育的抨击，当然事实证明他过得很好，潇洒且自由，他是妈妈青春时期的偶像，所以妈妈并不会强制地给你报各种各样的培训班，但是也不会把你往反对应试教育的路上赶。其实妈妈骨子里还是很传统的，我希望你好好读书，希望你能考个好的成绩，希望你能在千军万马过独木桥中走出自己的一片天地。如果有天，你想去国外读书，妈妈也一定会全力支持，当然那时候我可能会偷偷地抹眼泪。

但是读书并不会影响你斑斓的童年，我想我一定是一个爱絮叨的妈妈。我会跟你讲我小时候的故事，那个时候的妈妈是大院里跳皮筋最好的姑娘，常常让大院里的小伙伴输得哭爹喊娘，关于这点你可以问问和妈妈一起长大的婷婷阿姨。我还有那么多童年的故事想分享给你听，我不知道你听完我故事后的反应，是舔着棒棒糖面无表情还是欢喜雀跃地跟在我的屁股后面，跟我说“妈妈再讲一个好不好”，亲爱的夏天，不管你是什么反应，我都希望我童年那些有趣的小故事可以陪你走过你无忧斑斓的童年。

时间总是飞快，终有一天你会从学校毕业，离开妈妈，寻一份自己喜欢的工作。妈妈在这一点上很庆幸，从走出校园就开始从事自己喜欢的文字工作，妈妈要告诉你的是，选择一份自己喜欢的工作真的很重要，你可以在工作中获得无比的欢愉与成就感，而这种成就感与喜悦是其他任何东西都无法带给你的。走出校园的你可能会有些迷茫，妈妈愿意把自己的经验毫无保留地传授给你，然而其中的核心便是——要保持一颗乐观的心，因为你可能会遇到三八的同事，会遇到很多比你更优秀的人，你会发现你不再是小公举，因为这个社会没有那么多人愿意宠着你，我希望我的女儿是一个乐观的美少女战士，而并非只是有一颗玻璃心的小公主。

好啦，亲爱的小夏天，说完严肃的工作问题，我想此刻的你肯定撅着小嘴，说妈妈好无聊。那么，接下来你妈跟你一起讨论下关于爱情这件小事儿。

关于爱情

夏天，我知道有天你也会爱上一个人，你也会守着秘密不肯告诉我。

我想那个时候的我应该会觉得喜忧参半，因为那证明你已经从一个黄毛丫头渐渐长成豆蔻少女，而我那时候可以在写文章的时候，开心地写《吾家有女初长成》。但是在开心的同时，也会对你有所担心，你会不会被小男孩儿骗，你会不会受到伤害，这样矛盾复杂的心情，我想你要等长大之后才会理解到吧。

我想我应该不会干涉你谈恋爱，有些感情是必须要自己体会的，但是我也不会鼓励，睁一只眼闭一只眼是我能想到的最好的方式，前提是我的小女婿不能让我闭着眼睛就闻到一股人渣与牛粪味儿，我绝对不能容忍我的女儿跟一坨牛粪一起读书、学习、生活，我可以理解你恋爱中智商为零，因为我也经历过那段时期。小夏天，你放心，一般情况下我是不会来搅你局的。

你也可能会失恋，我希望你痛哭难过的时候，我和爸爸可以成为你坚强的后盾，你可以把所有的心事告诉我们，我会陪你去疯狂shopping，爸爸会陪你喝酒，我们会用实际行动告诉你，无论什么时候我和爸爸都是这个世界上最爱你的人。

亲爱的夏天，我想告诉你的是，无论是选择男朋友还是选择未来的老公，都要把眼光放长远一点。读书时候你选择的对象可能只是同学或者校友，而等你走向社会足迹遍布世界各个角落的时候你会赫然发现，原来高中时候那个喜欢打篮球的男孩不是这个世界上最帅的。当然，作为你的妈妈，我希望你学会保护好自己，无论是身体还是那颗小心脏。

在爱你的人那里享受世界，在不爱你的人那里认清世界，不管是哪一种，我都希望我的宝贝健康快乐地成长，最后我想说的是，亲爱的夏天，我是真的爱你。